曉風書院的八卦事【下冊】

Novel 耳雅
Illust jond-D

㊕曉風書院封面幕後花絮XD

我煮了茶，夫子要不要來喝一杯？

那在下就却之不恭了。

白曉風
「曉風書院」的夫子。宰相之子、狀元郎、
皇朝第一才子，還有著一張靚絕天下的臉。
皇帝的姪女兒，三公主。琴棋書畫樣樣精通，
聰明能幹。天生美人胚子，人稱冰美人。
唐月茹

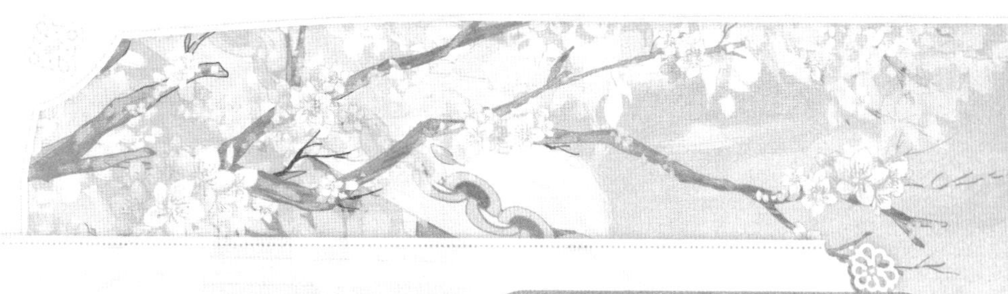

程子謙

皇朝史官，與白曉風是同期考生。
應皇帝的要求，在曉風書院蹲點，
記錄各種八卦事。

唐月嫣

皇帝唯一的么女，七公主。
因為備受皇帝寵愛，所以脾氣「驕嬌」二氣並重。

元寶寶

江南布王的獨生女，家財萬萬萬萬萬貫；
號稱比皇帝有錢。

夏　敏

皇朝第一女才子，滿腹學識，
當朝唯一的女狀元。

唐星治

皇帝的第六個兒子。
喜歡白曉月而進入「曉風書院」。

胡　開

燕王之子，尊貴的小王爺。因為父親的緣故，
比眾人多知道一些消息。

葛　範

船王之子。雖然身為有錢人家少爺，
個性卻很隨和。

石明亮

江南大才子。與唐星治、胡開、葛範為好兄弟，
常常為三人捉刀。

岑　勉

桂王之子，老實巴交的小王爺。
暗戀唐月茹十多年，是個痴心的傻子。

目錄

第六章　空穴來風不是好兆　005
第七章　一個喜歡你的一個你喜歡的　095
第八章　他看著你哭你看著他笑　157
第九章　終極八卦永不解　207
番外一　將軍很害羞　255
番外二　白夫子的煩惱　263
番外三　子謙夫子的祕密手稿　273

第六章 空穴來風不是好兆

荀青的事情一波三折，不過總算隨著他的不幸去世，告一段落了。

有些八卦，傳得太久了容易讓人厭倦。另外，人在狂熱之後通常會冷靜一下，冷靜了之後，也會想明白很多道理。

這次的事情，讓皇城之中萬千白曉風的擁戴者產生了分化。很多人還是拿著他當年和姚惜希那段虛無縹緲、不知道是真是假的感情說事兒。對於白曉風這個人，皇城中人的評論從一邊倒的讚，變成了有褒也有貶。

而對於索羅定，皇城中人除了各式各樣的批評之外，似乎還產生了些好奇。有人開始追溯索羅定的成長過程，他傳奇的經歷，和白曉風完全相反的人生，引起了不少人的興趣。有人開始崇拜索羅定，特別是一些男人覺得他活得快意恩仇，不靠家世靠自己，算個英雄。

白曉月發瘋打人的事情，眾人也只當作是她被嚇壞了，沒有太過分的傳言。

又過了幾天，這風波就轉淡，皇城恢復了平靜。

曉風書院的修繕進行得很慢，直到索羅定調派了五百人馬過來。這些士兵動作快身手還輕便，不說話光幹活，沒過三天，書院煥然一新，又開始上課了。

這幾天書院的氣氛略顯緊張，因為石明亮就快赴考，之前一折騰，對他多少有些影響。

石明亮也不知道是家裡人對他期望太高，還是自己對自己期望太高，整天緊張兮兮的，晚上也不睡，挑燈夜讀。

白曉風跟他說了好多次，以他的才學輕鬆應考就可以了，不必那麼緊張。可惜說了沒用，石明亮往床上一躺，就算熄了燈也是睡不著。於是石大才子每天頂著兩個黑眼圈，還瘦了一大圈。

這天上完課，打了一上午盹的索羅定，被白曉風罰抄《詩經》。

「你說你也真是的，睡覺就睡覺，還打呼嚕！」

程子謙和索羅定一起坐在院子裡寫東西，不同的是索羅定抄書，程子謙寫八卦，索羅定拿著筆打哈欠，程子謙精神飽滿奮筆疾書。

索羅定揉著脖子，抱怨著，「一大早都是之乎者也，不睏有鬼，這日子什麼時候是個頭啊？」

「索羅定。」

院子外面，白曉月提著個籃子，跑了進來。

索羅定抬頭瞧了一眼，白曉月精神倒是不錯，相比起之前稍微瘦了一點。

「呦，曉月。」程子謙見白曉月精神爽利，就笑咪咪跟她打招呼，「要出門啊？」

「嗯。」白曉月走到索羅定身邊，瞧了一眼，問，「書抄得怎麼樣啦？」

「哈啊～」索羅定繼續打哈欠，「去哪兒啊？」

「去買水魚。」白曉月一歪頭，笑出兩個梨渦來。

索羅定嘴角抽了抽，「有病啊，大老遠跑去買個王八……」

他話沒說完，就被白曉月抽了一下，「都說了是水魚，欠抽啊你！」

索羅定揉著腦袋瞧著白曉月，心說水魚跟王八有區別？

「走。」白曉月拉了拉索羅定，「晚上再抄。」

索羅定皺眉，心說買王八還不如抄書了。

白曉月見他坐著不動，瞇起眼睛，威脅道，「走不走？」

索羅定望天，小夫子得罪不起，只好嘆了口氣站起來。

白曉月提著籃子開開心心出門了。

程子謙叼著枝筆琢磨。白曉月親自去買水魚，估計是買回來燉湯給要備考的石明亮的。不過買水產要走很遠，期間要走完整條東華街。最近東華街可熱鬧，好些人都參加這次的考試……

想到這裡，程子謙瞇著眼一笑，覺得跟去說不定會有些看頭，於是顛顛小跑跟上。

◇ ◇ ◇

一踏出書院，索羅定就覺得街上氣氛不對，那群閒人似乎比早前更加亢奮些。

「喂……」索羅定走上兩步跟在白曉月身邊問，「這幫人幹嘛呢？」

白曉月瞧了他一眼，不悅道，「什麼喂？我沒名字嗎？」

索羅定只得對她拱手晃啊晃，尊稱道，「小夫子。」

白曉月癟嘴似乎並不滿意，「以後別夫子夫子的叫，顯老。」

索羅定心說這丫頭今天又怎麼了，無奈問，「那叫什麼？」

「叫名字囉。」白曉月嘟囔了一句，「大家怎麼叫，你也跟著怎麼叫。」

索羅定想了想，書院的人大多叫她白曉月，於是叫了一聲，「曉月。」

白曉月嘴角翹起一點點，堅決不讓索羅定發現。

兩人經過東華街最大的茶樓，就見裡面鬧哄哄，似乎還聽到「押多少？盤口、賠、賺」什麼的……

索羅定立刻精神抖擻，湊近去看。

白曉月挎著個籃，回頭不見了索羅定，四處一找，就見他正拿著張紙，蹲在茶樓門前的石獅子腦袋上，朝門裡看。

白曉月無語，跟個猴兒似的。她跑過去，仰著臉問他，「你幹嘛呀？」

索羅定指了指茶樓，「賭錢呢！似乎是開盤賭這次誰能高中！」

白曉月踮著腳尖，但門口擠滿了人，她什麼都看不到，就拉著索羅定的衣襬，問道，「誰最被看好？」

「一個叫王煦的。」索羅定將手上的紙遞給白曉月，上面寫著目前的賠率。

「石明亮只排在第三？」白曉月驚訝，「他是江南第一才子啊！怎麼會不排第一？」

索羅定一攤手，從石獅上蹦了下來。「強中自有強中手吧！再說了，盡力不就得了嗎？管他考第幾。」

「不一樣啊！」白曉月認真，「這次考試石明亮要第一名，才能直接參加殿試，不然又要再等半年，要參加殿試就得等下次了。」

索羅定嘴角抽了抽，心說還真有那麼多書呆子前仆後繼去考試。「明年就明年唄，他才幾歲？有些人三、四十了，連個秀才都沒考上，他就算再考個十年考上個狀元，也不遲。」

白曉月猶豫了一下，「話是這麼說，只是……」

「走了，去買王八。」索羅定大踏步往前走，行了兩步突然站住。身後白曉月正走神，一頭撞上去，揉著鼻子仰臉不解。

索羅定似乎是考慮了一下，摸了摸身上，摸出一兩銀子來，瞇著眼睛問白曉月，「有錢沒有？」

白曉月摸了摸腰間的錢袋，應答，「有啊。」

「拿一兩出來。」索羅定笑咪咪。

白曉月嘛嘴，問道，「幹嘛？」

「咱們倆合夥買一把。」

白曉月想了想，摸出一兩銀子來給索羅定，「買石明亮嗎？」

索羅定撇了撇嘴，「他雖然才第三，但好歹是個熱門，要買當然買偏點兒的。」邊說，邊往下找。

白曉月不高興了，「就買石明亮！」

索羅定搖頭，「贏了也不賺錢。」

「不賺就不賺！」白曉月瞪他，「人家好歹是你同窗，自然撐自己人！」

索羅定見她那麼認真、腮幫子都鼓起來了，不由得無力。好男不跟女鬥，就接了銀子又蹦到石獅子上，對著裡面的人大喊了一嗓子，「喂，買二兩銀子石明亮。」

話一出口，眾人齊刷刷回頭看他。

有個大叔還勸他，「買石明亮幹嘛？買王煦啊，石明亮考不了第一。」

索羅定納悶，「為何？那大才子沒少考第一。」

「對，他的確能考第一，但是這王煦是他的剋星。只要王煦參加的考試，石明亮永遠只能考第二，而石明亮考第一那幾次，都是王煦沒參加的。」好些人都這麼勸索羅定，「王煦是這幾天才報名參加考試的，你不見好些買了石明亮的都在退錢嗎？」

索羅定摸了摸下巴，和白曉月對視了一眼，兩人突然明白石明亮這幾天在煩悶些什麼了。

「就買石明亮！」白曉月伸手將索羅定手上的二兩銀子遞進去，順便又加了十兩。

索羅定對她擠眼睛──傻丫頭啊，多加銀子就分別買幾個！再買個冷門。

白曉月押了注，就要拉著索羅定走了，這時候聽身後有人說話，「石明亮那個江南第一才子的頭銜，根本就是撿的，或者說，是本少爺讓給他的才對。」

白曉月和索羅定回頭，就見一個穿著白色書生長衫的年輕男子站在他們身後。此人樣貌出眾，看穿著談吐，必定有些來頭。

「王公子。」茶館裡有認識他的小廝，殷勤的打招呼。

白曉月想了想，開口問，「你就是王煦？」

王煦對白曉月拱了拱手，「姑娘是白曉風白夫子的妹妹，白曉月，可對？」

白曉月點點頭。

索羅定在後面看著兩人說話，覺得王煦好像沒什麼正經，眼睛骨碌碌亂轉。

王煦的讚揚之情流於言表，由衷讚嘆，「之前聽過種種描述姑娘如何清麗脫俗，還覺得過了，可如今見到本尊，才覺那些讚揚簡直蒼白無力。」

白曉月眨眨眼——是誇自己漂亮的意思嗎？

索羅定抱著胳膊在一旁望天——酸吶，牙都倒了。

「白姑娘，可否幫在下一個小忙？」王煦謙虛有禮。

白曉月略點了點頭還禮，「王公子要我幫什麼忙？」

「可否為我遞一封書函給白夫子？」王煦從袖袋中抽出一封書信來，遞給白曉月。

白曉月沒接，問，「這是什麼信？」

「是加入曉風書院的自薦信。」王煦微微一笑。

白曉月驚訝，「你要入書院？」

「我之前身體不好，錯過了書院的報名，如今病已痊癒，所以想入書院。」王煦笑得十分溫和，「另外，我如果能加入書院，那麼這次考第一的，還是曉風書院的人。」

說完，他對白曉月身後的索羅定也拱了拱手，將信往白曉月手裡一塞，轉身揚長而去。

索羅定摸著下巴——說得好像這次他鐵定考第一似的，哪兒來的底氣？

白曉月拿著那封信發呆，低頭看了看信封上幾個字和一個署名……下意識的嘛了口唾沫，字真是好看啊，的確不輸給石明亮。

索羅定見白曉月一臉猶豫，就拉了拉她往遠處走，邊說道，「不是挺好嗎？反正曉風書院的名額還沒滿呢。這王煦看著挺有本事的。管他誰考上的，是曉風書院的不就得了。」

白曉月看著索羅定，問道，「你覺得，石明亮和王煦，兩人給人的感覺怎麼樣……」

沒等白曉月說完，索羅定嘴角都抽起來了，「那王煦雖然看著不怎麼老實，不過比石明亮他們四個小王八蛋可是強多了。」

白曉月也無奈。起碼王煦還會對索羅定行個禮，石明亮他們卻只會用惡作劇陷害索羅定，雖然一次都沒成功過。

「萬一王煦加入了曉風書院，結果他考上了、石明亮沒考上，該怎麼辦？」白曉月擔心。

「這玩意兒大家公平比試。」索羅定覺得沒什麼，「如果王煦真比石明亮有才學，贏他情理之中。」

白曉月總覺得有些彆扭。

「妳這丫頭也奇怪。」索羅定邊走邊笑白曉月，「那王才子誇妳都誇上天了，石明亮都沒誇過妳，妳怎麼還向著石明亮啊？」

白曉月愣了愣，抬頭看索羅定，不解，「他誇我什麼了？」

索羅定撇嘴，「剛才一上來就一長溜，誇妳漂亮唄，誇得還挺有文采。」

白曉月驚訝的看著索羅定。

索羅定回看她，「看什麼？」

白曉月走上前兩步，小聲問，「我怎麼覺得……酸溜溜的？」

索羅定眨眨眼，點頭，「那書生是酸。」

「嘖嘖。」白曉月笑著搖頭，「還有別人酸呀……」

索羅定一攤手，「附近有醋鋪。」

白曉月抿著嘴，斜眼看他。可之後索羅定就背著手往前走了，沒再多說什麼。白曉月皺了皺眉，追上兩步，伸手把籃子給他，「幫我提著，我手痠。」

索羅定嫌棄，「大男人提個籃子叫人笑話。」

「手痠。」白曉月跟在後面，叫嚷，「還有啊，你走太快了，我累。」

索羅定無語，放慢腳步，「妳怎麼那麼麻煩？」

白曉月將籃子塞給他，「女孩兒就是麻煩的，是你呆，做男人要主動幫忙拿籃子才對。」

索羅定接了籃子嘆口氣，繼續往前走，這回腳步倒是慢了些。

白曉月跟在他身邊，就見他邊走邊看風景，就是不看自己一眼，心裡難免有些彆扭——索羅定剛才的話的確酸溜溜的，難道是自己一廂情願了？

兩人身後，程子謙邊搖頭邊跟蹤順便奮筆疾書，嘴裡還不閒著，「老索啊，你不能這麼呆啊，人家姑娘都那麼明顯了，你這不是給人潑冷水嗎？」

又走了一路，索羅定也沒問白曉月累不累、渴不渴，沒跟她說笑，甚至都沒看她。

白曉月莫名覺得心灰，還是自己一頭熱呀！索羅定，是不是根本看不上她……

◇◇◇

白曉月本就心情不好，到了賣水魚的魚市就心情更糟了。這幾天要考試了，稍微像樣點的水魚都賣光了，就剩下一、兩隻特別小，還半死不活的。

索羅定打著哈欠，看白曉月站在魚市窄窄的路上團團轉，搖頭。這白曉月別看挎著個籃子挺像樣，煮個牛肉麵也不賴，不過畢竟千金大小姐，這可能還是她頭一回來魚市吧。

白曉月找了半天沒找到水魚，心情不好。索羅定就說，「也不一定要吃水魚啊，買點別的魚吧。」

「其他魚？」白曉月望了一眼，有些猶豫。

索羅定笑了，「買黑魚吧，做個魚片粥，那書生瘦不拉幾的反正也吃不了多少。」

「哦……」白曉月摸著下巴指著一條魚，對賣魚的大嬸說，「要這個。」

索羅定望天，「姑娘，這是草魚。」

白曉月耳朵有些紅，尷尬，「哦，看錯了……要這個。」

「白鰱。」

「這個……」

「草魚。」

「這個！」

「鯽魚。」

白曉月最後轉過臉，瞄了索羅定一眼。

索羅定笑得直顫，「鯽魚不錯，熬個湯也補，再讓廚娘燉隻雞，那書生這麼聰明，喝白粥也考第一了，意思意思得了。」

白曉月面紅，見索羅定蹲在一旁笑得開心的樣子特氣人，伸手推了他一把。

索羅定自然沒被她推動，慢悠悠站起來，「妳想要水魚，幹嘛上這兒來買？」

白曉月瞧他，「你有好提議？」

「想買水魚的話，我帶妳去個地方。」索羅定伸手拉了拉還在鬧彆扭的白曉月的袖子，「走了。」

白曉月跟著他離開了魚市，一路往西走。東繞西繞，白曉月都快分不清東西南北的時候，索羅定已經帶著她到了皇城最熱鬧的街市，這裡有很多酒樓和客棧。

索羅定帶著白曉月走進了一家名叫「蓬萊居」的大酒樓，沒坐沒點菜，直接出後門往廚房去。

白曉月跟在他身後，見索羅定大搖大擺直進直出也沒人攔著，還納悶，這是他開的買賣不成？

索羅定到了灶房，就見一個大胖子正在掌勺。這胖子目測至少三百斤，杵天杵地的高大無比，而且嗓門特大，手上動作不停，嘴裡還嚷嚷，讓那些打下手的動作快點。

索羅定三兩步跑到了他身後，一拍肩膀。

大胖子一回頭，一張臭臉立刻笑容滿面，「呦！將軍。」

索羅定搭著他的肩膀湊過去聞了聞，「霍，花雕醸蝦啊，招牌菜。」

「將軍，饞酒啦？想吃什麼菜？我給你炒兩道，這裡有好酒，咱們倆喝一壺。」

白曉月仔細看了看，突然想起來，這是皇城第一名廚賴虎，賴大廚！這人據說比宮裡的御廚還會燒菜呢，想吃他做的菜得提前半個月預定，皇宮貴族整年整年的排隊等。原來他和索羅定是朋友啊。

「咦？」賴大廚回頭看到了白曉月，胳膊一撞索羅定，「妞啊？夠漂亮的。」

索羅定沒說是也沒說不是，只是問賴大廚，「有水魚沒有？」

「有。」賴大廚回頭對夥計喊了一嗓子，「拿隻水魚過來，要最好的。」

沒一會兒，就有個夥計屁顛顛捧了個麻繩網兜上來，裡面有隻又大又肥美的甲魚。

索羅定給了夥計銀子，提著水魚一拍賴大廚的背，「先走了，晚上找你喝酒，你可炒好菜等我。」

「得！」賴大廚拿著勺子對索羅定一擺手，「晚上你可記得來啊！」

索羅定笑著點頭，對白曉月一晃頭，示意——回去燉甲魚吧。

白曉月往外走，剛到門口，一個夥計正出籠幾盤點心。

賴大廚對索羅定說，「那是燕窩酥，給那丫頭帶點去吃。」

索羅定往白曉月嘴裡塞了一塊，又拿了兩塊放她手裡，帶著人走了。

白曉月嘴裡叼著燕窩酥，臉上還挺燙。索羅定剛才往她嘴裡塞點心的動作……嘖嘖，怪溫柔的喔。

白曉月又笑自己容易滿足，嚼著燕窩酥問索羅定，「你和賴大廚好熟啊？」

「他以前當兵的，跟我混過一陣子。」索羅定晃了晃手裡的水魚，「廚房大娘在不在書院啊？不在的話讓老賴給燉了吧，他燒的白水都比一般人好喝。」

白曉月抿著嘴，想了一會，「大娘在呢，水魚讓她燉好了。等石明亮考上了，咱們再來這裡慶祝，讓你賴兄弟燒大餐給我們吃。」

「這主意倒是不錯。」索羅定點頭。

正說話，身邊一輛馬車經過，就聽馬車裡的人喊了一嗓子，「停車。」

車夫一拉馬轡繩，馬車停住。就見車簾一挑，一個穿著淡紫色錦袍的年輕男子跳下了車，衝白曉月喊道，「曉月姑娘。」

白曉月抬頭一看來人，癟嘴。今天真倒楣，早知道不出門了。

索羅定覺得這年輕人有點眼熟，想了想——這是尚書陳勤泰的公子，似乎是叫陳醒。

陳勤泰在朝為官二十多年了，為人十分圓滑，也很能幹，索羅定對他印象挺深刻。陳醒跟他老爹不是很像，人比較簡單比較傻……所以索羅定見過幾次後，有些印象。

陳醒的樣子還挺激動，「曉月姑娘，近來可好？我這陣子忙，都沒空去書院探望白夫子，書院一切都好吧？」

白曉月笑了笑，「有心啦，都好的。」

「哦。」陳醒這時候才看到索羅定，對他拱了拱手，「索將軍，這麼巧。」

索羅定點了點頭。

「曉月，吃飯了沒？」陳醒十分熱情，「一起去吧？」

索羅定差點噴了，這會兒去吃中午飯還是吃早飯，不當不正的，這陳公子語無倫次了。

白曉月也挺尷尬，就笑，「我還有事，要趕回書院。」

「哦。」陳醒臉上明顯有失落的神情。

索羅定心說，你好歹收斂點，看上這丫頭了也不用做得那麼明顯，這一臉流氓相，不怕把人家姑娘嚇跑了？

果然，白曉月不自在起來，說了聲「告辭」，就拉著索羅定走了。

陳醒還傻呵呵在後頭對著白曉月的背影感慨：真是無論怎麼看都嬌俏動人啊。

「少爺。」

「嗯？」

陳醒好不容易回過神來，就見管家陳忠在馬車邊站著，微微皺著眉提醒他，「遲了，老爺要責怪的。」

「啊！」陳醒一驚，眼前白曉月美好的背影立刻被他爹板著的臉替代了，慌手忙腳上了車。

陳忠和他一同坐在馬車裡，見他還依依不捨撩開車窗望白曉月的背影，忍不住咳嗽一聲，「剛才那位，可是索羅定索將軍？」

陳醒回過神，「是吧。」

陳忠低聲道，「老爺十分欣賞索大人，少爺若是有機會，要與他深交。」

陳醒嘴角動了動，有些嫌棄，「那個索羅定看起來那麼粗魯，我跟這種武人合不來的。」

陳忠無奈嘆氣。

「對了忠叔，我明天想去曉風書院探望白……白夫子，你說帶點什麼禮物好啊？」陳醒問。

「少爺，是否中意白小姐？」

陳醒不好意思的搔搔頭，「白家跟我家，也算門當戶對的，爹爹應該會喜歡曉月的吧……是不是？」

陳忠卻是搖頭，「老爺絕對不會同意的，少爺三思啊。」

「為什麼？」陳醒不解，「我之前看上的姑娘，爹爹都說家室不好，這回白曉月是宰相之女，家室夠好了吧？」

「少爺，白小姐的身世絕對沒問題，若是能結成親家，那還是我們陳府高攀了，只不過……」

「不過什麼？」

「只不過這白曉月長得太漂亮，醜些就好了。」

「啊？」陳醒莫名其妙，「什麼意思？」

「大丈夫要成大事，娶妻就應當求淑女。白曉月的確家門輝煌，但是追求者太多，娶她能得到一部分人脈，也會失掉一部分人脈，更會成為城中話題，另外還會落得個貪富貴好美色的名聲。」陳忠跟隨陳尚書多年，又從小照顧陳醒長大，因此說話很有分量。

陳醒一張臉苦瓜樣，嘟囔，「窈窕淑女君子好逑。娶妻當然挑美人啊，難道娶個醜八怪？」

陳忠微微一笑，「有時候，樣貌平凡甚至醜陋的妻子，比美豔動人的妻子更有用。男人做大事，美女可以有，但妻子必須娶得實在，少爺還是等老爺給你挑吧。」

陳醒心裡一百個不服氣。

「再說……」陳忠最後還給陳醒補了一刀，「坊間傳說這位白小姐和索羅定不清不楚，你剛才也看見了，兩人甚是親密……萬一索羅定真對白曉月有意，你去插一腳，等於得罪了這位大將軍，不合算。」

陳醒這會兒可算想起來剛才覺得哪裡不對勁了。對啊，曉月走的時候是拉著索羅定走的，難道索羅定追求曉月的傳言是真的？

想到此處，陳醒不滿——這索羅定是癩蛤蟆想吃天鵝肉嗎？白曉月如此端莊俏麗，他一個粗人、一個不識多少字的武夫，怎麼配得上她？！

◇◇◇

「啊嚏！」索羅定伸手揉了揉鼻子。

白曉月這會兒脣齒間還有那燕窩酥的香味呢，聽到動靜就瞧他，「傷風了？」

索羅定一撇嘴，「估計哪個龜孫在後頭說老子壞話……嘶。」話剛出口就被白曉月掐了一把。

「不准說髒話！」

兩人這會兒也回到曉風書院門口了，白曉月伸手提了水魚快步往裡走，正撞上垂頭喪氣往外走的石明亮，喊了一聲，「喂！」

石明亮似乎正想著心事呢，被白曉月一叫驚了一跳，睜大了眼睛看她。

白曉月晃了晃手裡肥肥美美的水魚，「今晚留肚子啊，煮好吃的給你吃。」說完，樂呵呵跑了。

石明亮看著歡實的白曉月，微微皺眉，嘆了口氣回頭，就見索羅定抱著胳膊站在門口正看自己呢。他有些尷尬，低頭出門了。

索羅定望著他的背影皺眉——這石明亮搞什麼鬼啊？

正想著，就見一頂漂亮的轎子停在了門口，一個公公撩開轎簾，三公主嫋嫋婷婷走下來，抬頭看到索羅定，索羅定對她點點頭。

唐月茹微微一笑，走上臺階，經過索羅定身邊時，突然沒頭沒腦說了句，「索將軍，要惜福啊。」

索羅定眼皮子一跳——啥？

不過三公主說完就進書院了，沒再說別的。

索羅定丈二和尚摸不著頭腦，就聽身後幽幽傳來了另一個聲音，「聽到沒？惜福啊！」

索羅定回頭一腳踹過去。程子謙敏捷的竄到一旁，手裡還拿著枝筆，「老索啊，你的情敵人數增加了，又多了個陳醒，嘖嘖！」

索羅定也不理會他的話，只是說道，「你有這閒工夫跟著我起鬨，倒不如去查查石明亮搞什麼鬼。」

程子謙微微一愣，問，「小亮子怎麼啦？」

索羅定聽到這稱呼頭皮一麻，「剛才賭錢那會兒，你沒看見？」

「哦！」程子謙了然一笑，「你說王煦啊？」

「查過了？」

「嘿嘿。」程子謙翻出幾張紙來，「這個王煦來頭也算不小，他家與石明亮家裡是世交，他們倆也算總角之交。王煦在當地名頭的確不小，很多人都說他才應該是江南第一才子，石明亮只不過運氣比他好些，對此石明亮也似乎從沒反駁過。」

索羅定不解，「石明亮那小子平日心高氣傲目空一切，怎麼碰上王煦突然就蔫了？是不是有什麼門道？」

「實打實的消息沒有，不過八卦有一條，聽不聽？」程子謙又開始賤賤的笑。

索羅定只好耳朵湊過去，「說！」

「王煦手上有讓石明亮言聽計從的把柄。」程子謙壓低了幾分聲音，「所以石明亮才會在之後的考試中盡量避開王煦，不過這次是避無可避了。」

索羅定微微皺眉，不解，「什麼把柄？」

「據我獨家收到的消息呢！」程子謙小聲說，「他們倆原本是鐵哥們，有一次，石明亮要參加一個至關重要的考試，卻是偏偏染了風寒，大病不起。於是……」

「於是怎樣？」

「於是王煦竟然冒著風險代替他去考了一場，而沒去考自己那場……結果，石明亮考了第一，王煦缺考。」

索羅定聽後愣了愣，又問，「這麼說關係很鐵了？可我剛才見王煦，他說的話似乎不是……」說到這裡，索羅定停了一下，像是想通了什麼，「哦……那小子是故意施的恩惠，同時也有個把柄，從此之後石明亮一輩子都要聽他擺布。」

程子謙抱著胳膊，笑道，「所謂的放長線釣大魚吧。石明亮那小子別看挺精明，其實也是隻傻鳥，說不定這會兒還念他的好，覺得自己欠他的呢！」

索羅定皺眉，「這麼傻？」

「嘖，你是武夫，講究快意恩仇，唸書人就自恃清高拖泥帶水了。」程子謙撇嘴，「石明亮那種書生，你要是威脅他，他倒問心無愧，可要是跟他講感情講誰欠誰……那就完了。」

「好卑鄙！」兩人正說著話，身邊傳來一個聲音。

索羅定和程子謙扭頭一看，就見白曉月端著個杯子，身後唐星治、胡開和葛範都在，連白曉風都在一旁聽得津津有味。

索羅定嘴角抽了抽——這聽牆角的功夫真是無人能敵。

「搞了半天原來是這麼回事。」唐星治越想越來氣，「我找他去！」

「唉。」葛範拉住怒氣沖沖的唐星治和胡開，「還沒搞清楚。」

「對啊，死無對證。」程子謙一攤手，無奈道，「八卦誰相信啊。再說了，治標不治本，問題還是在石明亮身上。」

「還剩下沒多少時間就考試了。」白曉月擔心，「怎麼辦？」

唐星治他們急得原地轉。

白曉風開口，「你們該做什麼就做什麼，這事情我來處理。」

眾人面面相覷。

索羅定拍手，「這就對了，夫子開口一定成功！我去馬場，大家自便。」說完就想走。

白曉風突然問，「你的《詩經》抄完了？」

索羅定咧嘴。

「不抄也可以。」白曉風走到門口拍拍他的肩頭，「一起去吧。」

索羅定望天，又有麻煩了，就不能安省兩天？

就算心不甘情不願也沒轍，與其抄書還不如去解決麻煩。索羅定跟白曉風出門，邊問，「你打算怎麼做？」

「先要搞清楚事情的真相。」白曉風道，「如果王煦真是一早就算計好了，那麼此人心機深沉陷害好友，該好好教訓一下。」

◇◇◇

索羅定加白曉風這組合挺少見的，往街上一走，難免引起路人的圍觀和猜測。

白曉風走路帶風，斯文又不失瀟灑；索羅定走路也帶風，畢竟是戎馬出生，走路自然不會拖泥帶水吊兒郎當，只是儘管腰骨筆挺，但還是有些懶洋洋玩世不恭的感覺。

不過兩邊樓上，一堆一堆感慨白曉風真是丰神俊朗的姑娘裡，總有那麼一、兩個盯著索羅定走神……總覺得他一舉手一投足，有一種白曉風身上沒有的東西，只屬於索羅定的氣度。

索羅定自然不知道他這個皇城著名的流氓在街上走一圈，已經有姑娘臉紅心跳了，他只顧著打哈欠。

眼看快到王煦住的那家客棧了，索羅定納悶問白曉風，「你準備怎麼做？」

白曉風微微一笑，「正巧路過一下。」

索羅定嘴角抽了一下。

於是，白曉風「碰巧路過」了正賭得熱鬧的茶樓，「順便」下了大注賭石明亮必考第一，還很不經意的問了一句「王煦是誰？」，然後，和索羅定上酒樓喝酒去了。

這下子，整條東華街可就轟動了。

白曉風花重金買了石明亮，說他必定高中，還表示沒聽說過王煦。

這八卦一傳十、十傳百，各地的賭局紛紛發生了變化，石明亮的賠率排名一下子就竄上第一位去了。倒是王煦，開始有人質疑這個究竟是什麼人？會不會是沽名釣譽的？

索羅定喝著小酒，有些不解的看著對面悠然自得的白曉風，「你不怕石明亮考砸了，那你可一世英名掃地。」

白曉風微微一聳肩，「石明亮是真才實學。先不論為人處世，起碼考試，我不覺得有人能考過他。」

索羅定見他說得淡定，總覺得其中有什麼陰謀。

等兩人吃飽喝足，流言也差不多開始變味兒了，從白曉風不認識王煦，變成了白曉風對王煦不屑一顧。

索羅定拿著根牙籤剔著牙。白曉風問他，「吃飽了嗎？」

「飽了。」索羅定點點頭。

「那好，回去了。」白曉風付了錢，轉身回曉風書院。

索羅定仰著臉算了算——合著出來蹭了頓飯？似乎別的什麼都沒幹。

兩人回了書院之後，白曉風一閃沒了蹤影，索羅定就被眾人圍上了，紛紛問他白夫子幹什麼了。

索羅定想了半天，除了吃飯和賭錢，真沒幹正經事。

程子謙盯著索羅定非說他賣關子，煩得索羅定跑回房間裡抄書了，心說反正吃飽喝足了，把書抄完趕緊睡覺吧。

◇ ◇ ◇

索羅定難得認真了一回，正抄得帶勁呢，就聽到有人敲門的聲音。

「誰啊？」索羅定心說要是程子謙，就拿硯臺飛他。

門口沒人回話，不過房門卻被輕輕推開了一點點，白曉月探頭進來，手裡拿著個湯盅。索羅定對她招招手。白曉月進門，順手關上房門，跑到桌邊。

索羅定瞧她，問道，「丫頭，來八卦？妳哥真沒幹啥，就吃了個飯。」

白曉月斜他一眼，將湯盅往他眼前一放。

索羅定打開，一陣香氣撲鼻，就見是清燉甲魚湯，裡面幾塊肥肥美美的甲魚肉。

「大娘燉的水魚湯，賞你的。」白曉月邊說，邊撥弄著筆筒裡幾枝毛筆。

索羅定好笑，「這麼好？石明亮吃完了？」

「沒有，他人不在。」白曉月氣悶。

索羅定皺眉，問，「轉眼就考試了，人去哪兒了？」

白曉月搖搖頭，「湯還在蒸籠裡呢，胡開他們都說他出去後就沒回來過。」

索羅定拿著勺子舀湯喝，挑眉，讚道，「哇，鮮啊！」

白曉月眨眨眼，索羅定給她勺子，問，「吃不吃？」

白曉月笑嘻嘻接了勺子正想吃，就聽到外面敲門的聲音。

「誰啊？」索羅定心說今晚這麼多人？要是程子謙就用湯盅蓋子飛他。

門外人似乎沉默了片刻，開口，「是我。」

索羅定一愣，和白曉月對視了一眼——這聲音是石明亮？！

索羅定就納悶了。這書生找自己來幹嘛？

白曉月放下勺子，躲進了一旁的屏風後面。索羅定更納悶，看她——妳躲什麼？

白曉月對他「噓」，邊指指門口，示意——趕緊讓人進來啊！

索羅定望天，說了句，「進來吧。」

隨後，房門打開，石明亮走了進來，關上門，到索羅定對面。

索羅定拿著勺子問他，「吃飯沒？」

石明亮顯然沒胃口，坐下問他，「我剛才在街上，聽說白夫子落重注，買我一定考第一，有沒有這回事？」

「有啊。」索羅定點頭。

「他還說，若是我考不到第一，他把曉風書院的招牌都拆了？」石明亮追問。

索羅定嘴角抽了抽，心說：最近的八卦真是變化多端啊，白曉風哪兒有這麼說。可是八卦這種東西向來有傳言沒出處的，估計現在滿皇城的人都這麼認為了，管你是真是假呢。

「唉，你管他那麼多，去吃個飯睡覺吧，明天就考試了。」索羅定擺擺手，想打發他走。

「夫子真這麼說？」石明亮皺眉，神色凝重，「那我萬一考不到第一，豈不是害整個書院和夫子被人笑？」

索羅定微微愣了愣，抬頭看了石明亮一眼，心裡則是咯登了一下。他托著下巴心裡暗笑了一聲——好你個白曉風啊，這招用得殺人不見血。

「唉，可不是嗎！」索羅定頗為認真的說，「不只白曉風，唐星治也放了話了！」

「什麼？」石明亮一驚，「星治放什麼話了？」

「他也不知道上哪兒轉了一圈，聽人說什麼你鐵定考不過王煦。你也知道唐星治什麼脾氣，他火氣一上來嘴沒把門的，跟人說，什麼王煦？哪個犄角旮旯冒出來的，他兄弟石明亮才是第一才子，他日後要是繼承大統你就是他的宰相，若是你考不過王煦，他連太子都不當了，連唐都不姓了。」

索羅定說完，石明亮抽了口冷氣，差點背過氣去，「這……」

「不止，葛範把身家性命都賭在你身上了！」索羅定似乎還嫌不夠，繼續添油加醋，「你也知道他大少爺家財萬貫，看你賠率竟然不如王煦，大少爺他拿出全部家產跟整個皇城的人賭你贏啊！」

石明亮吃驚的嘴巴張得老大，「什麼？」

「不過話說回來……」索羅定拍了拍臉煞白的石明亮的肩膀，「我以前一直覺得你們幾兄弟都是酒肉朋友，現在看看還真滿講義氣啊。他們倆說不想讓你有包袱，都不跟你說在背後怎麼撐你。我說萬一他考不上呢？他們還說，不會，你從來不會讓他們失望，是真材實料。嘖……我還以為文人只會相輕。還有，剛才白曉月那丫頭在外面聽人說你怎麼都考不過王煦，差點跟人打起來。」

「什麼？」石明亮睜大了眼睛似乎覺得不可思議。

「那丫頭說，曉風書院這回是第一次參加考試，她大哥既然推薦你去，就表示對你有信心，你的成績關係到曉風書院的生死存亡，你一定會爭氣。」

石明亮沉默，良久，低語道，「……的確，我不能考砸。」

「那可不？這麼多人撐你呢，我也看好你的。」索羅定說著，拿著湯勺敲了敲湯盅，「白曉月今天跑了幾條街特地去買回來的水魚，書院幾個丫鬟在院子裡給你煲湯煲了一下午，這會兒還熱呢。你趕緊吃飽睡覺明天考個好成績，要是考不上啊，什麼功名利祿個人榮辱在其次，你想想你一次可對不起多少人！」

石明亮抬頭看索羅定，索羅定繼續喝湯。

石明亮坐了一會兒，站起來，低著頭出去了。

白曉月見人走了，跑出來，伸手搶索羅定手裡的湯盅，「不給你吃了！」

「喂？」索羅定趕緊摟住湯盅，「幹嘛不給我吃？我都吃過了！裡頭有我的口水！」

白曉月瞪他，「你怎麼這麼說啊，他本來就緊張，你這麼一說他明天考試手不抖才怪了……」

索羅定聽到這兒，一樂，「我不這麼說他手才抖呢。」

「什麼意思？」白曉月不明白，坐下看他。

「總之妳一會兒去後院看看，如果他把水魚都吃了，這次考試就八九不離十了。」索羅定說著，邊囑咐，「妳別忘了再跟他說，讓他別緊張，書院所有人都相信他。」

白曉月張大了嘴，問，「他晚上想不通了、懸梁自盡怎麼辦？」

「嘖。」索羅定嚼著水魚撇嘴，「妳大哥想的法子。對付才子，才子親自出馬應該萬無一失。」

白曉月將信將疑，等索羅定吃完了水魚喝光了湯，拿著湯盅回廚房，正看到石明亮走出來，邊走還邊擦嘴呢。

兩人打了個照面，石明亮對白曉月一禮，「曉月姑娘，多謝了。」

白曉月點了點頭，覺得石明亮似乎和之前有些不同，她拍了拍石明亮的肩頭，將索羅定教的話說一遍。

石明亮感激一笑，點頭，「我一定不會讓那麼多人失望的。」說完，走了。

白曉月抱著胳膊。錯覺嗎？那個自信自負、甚至傲慢無禮目空一切的石明亮，又回來了？

◇◇◇

隔日，石明亮在唐星治等一班兄弟的護送下進了考場，考試順利進行。

三天後，揭榜日到，白曉風突然接到傳召，說皇上要見他。

白曉月等人眼巴巴在書院門口等著去看榜的唐星治他們。石明亮倒是很淡定，在院子裡喝茶看書。

「回來了！」白曉月伸手一指遠處跑來的唐星治。

一大群丫鬟都忍不住了，眾人扒著門口就問，「第幾名啊！」

唐星治邊跑，身後胡開邊喊，「第一名啊！第一名！」

「哇！」眾人歡呼雀躍，小廝們跑出去放鞭炮。

葛範喊人，「來啊，趕緊去醉仙居定位子，今天要慶祝！」

「這招還真的行得通啊！」索羅定抱著胳膊，跟身邊奮筆疾書的程子謙感慨，「白曉風心裡還真有譜。」

「那是，人家好歹是皇朝第一大才子。」程子謙收筆，「他說石明亮有真才實學，那書生就差不了。」

這時候白曉風也回來了，身後跟著兩個公公，抬著一塊匾，用黃色綢緞蓋著，一看就是御賜的。

進了書院，外面圍觀的人早就裡三層外三層了，都說曉風書院這次威風了，第一次考試就實打實得了個第一名。

跟隨白曉風來的還有皇上身邊的大太監。

大太監進屋就宣旨，其實也不是什麼旨意，而是皇上鼓勵和讚揚石明亮的一些話。據說這份卷子皇上看過之後大加讚賞，稱讚石明亮是不世之才，還說皇朝終於出了第二個白曉風，可喜可賀，於是親自給他題了塊匾——「江南第一大才子」，送來給石明亮掛在書房門口，還給了不少賞賜。

索羅定摸著下巴搖頭，看了一旁抿著嘴壞笑的程子謙一眼，「皇上還真是唯恐天下不亂。」

「這叫情趣，你也知道宮裡多無聊。」程子謙說完，溜溜達達跑了。

當天，眾人去醉仙居慶祝，平日斯斯文文的才子佳人不知道是不是因為跟索羅定混得太久了，喝酒划拳都學會了，瘋癲到半夜。

玩得盡興回到書院，一個小廝就給石明捎了個口信，說，「剛才有個書生來找你，聽說你不在，就說他在客棧等你。」

石明亮原本挺好的心情，一下子低落了下去，嘆口氣，回自己屋了。

白曉風看了索羅定一眼，使了個眼色。索羅定仰臉裝作沒看見，白曉風無語搖頭。

事不關己，索羅定原本想早早睡了，不過偏偏喝酒多了，跑出來上茅房，正看見石明亮獨自往外走。

索羅定皺眉……大半夜的一個人去？

想了半天，索羅定無奈，還是跟著去看看吧，別鬧出人命來。

剛跟到門口，索羅定回頭看了一眼，就見身後一串尾巴。程子謙首當其衝跟著自己來，倒是可以理解，不過身後還有胡開、唐星治和葛範。

索羅定皺眉，問道，「你們不睏啊？大晚上一個兩個眼睛都綠的。」

唐星治讓他別出聲，小心被石明亮發現，邊小聲告訴他，「夫子說，讓我們跟去順便攔住明亮，有好戲看。」

索羅定挑眉——果然白曉風有後招，算了，還是別去蹚渾水了。於是就想走，不料胳膊被唐星治他們一幫人拉住。

「你也去！」

索羅定皺眉，不解，「幹嘛我也要去？」

「一起去熱鬧嘛。」程子謙拉著索羅定的衣領，不讓他走。「一會兒萬一有什麼妖蛾子，你撐住，我們先跑！」

索羅定望天——所以說跟書生什麼的講義氣簡直就是吃飽了撐的。

◇ ◇ ◇

索羅定心不甘情不願被程子謙拖去八卦。

石明亮來到王煦所在的客棧門口，似乎是猶豫了一會兒，但最後還是硬著頭皮進去了。

眾人趕緊跟上樓，那意思——是去偷聽的。

索羅定四處看了看，沒看見白曉風的身影，於是問程子謙，「白曉風呢？」

程子謙指了指樓上，「估計進去了。」

索羅定皺眉，跟著進了小樓，就發現唐星治等人已經成功的「制服」了酒樓的夥計，跟著石明亮上了二樓。

石明亮並沒有進廂房，而是站在門口，皺著眉頭……顯然，他聽到了裡面人在說話。

唐星治等人離得遠，聽不到，就推著索羅定——你去！

索羅定一攤手，那意思像是說——老子又不會隱身，怎麼去偷聽？

程子謙瞇著眼睛指了指外面——從窗戶那裡聽！

索羅定望天——聽牆角這種事情，不適合他大英雄做！

不過唐星治等人三張苦瓜臉仰望索羅定，索羅定只好從走道的窗戶竄了出去，一手扣住牆壁，落到了王煦所住那間房的窗外，湊過去聽裡面的動靜。

果真，王煦和白曉風正說話呢。

索羅定心說白曉風大半夜的，搞什麼鬼？

只聽王煦說話，「夫子當真肯讓我入書院？」

「沒錯，不過我曉風書院進來的都是有些身分背景的，你得找個靠山。」白曉風說得慢條斯理，「皇城有不少文豪呢，不如你走動走動，拜個師什麼的，最好能認個乾爹。」

王煦聽後，覺得也不是難事，點頭，「白夫子有沒有合適的人選推薦？」

索羅定正聽呢，就見不遠處走道的窗戶前面，程子謙對著他招手。

索羅定無奈，掛著牆壁回去，皺眉，問道，「幹嘛？」

「他們說什麼呢？」胡開湊過來壓低聲音，「明亮臉那麼臭！」

索羅定就將他聽到的說了一遍。

「哎呀。」唐星治搖頭連連，「明亮很清高的，他最討厭文人拉幫結派，更討厭攀附什麼文豪，這樣讓他看不起的。」

「還有什麼？」程子謙問。

「我還沒聽完……」

「那趕緊去！」四個人都攆他。

索羅定只好耐著性子又飛簷走壁的回到了窗邊，繼續聽。

這會兒，白曉風又說，「書院人數太多，你若是進來，需要請走一位。」

索羅定雙眉一挑，心說——我行不行啊？爺早就不想唸了，不過嘛，走了沒有牛肉麵吃，比較可惜。

「其實我一直不明白，為何曉風書院會收索羅定這樣的人做學生？」王煦冷笑了一聲，「此人不學無術、風評又差，就怕他哪天行差踏錯了，有辱書院名譽！」

「這倒也是。」白曉風笑了笑，「不過索羅定功夫很好，又位高權重，還是皇上安排進來的，如何攆他走？」

「這容易啊。」王煦一笑，「書院那麼多女子，多有不便，索羅定又是個流氓，難保他不會去騷擾那些女生，自然有理由讓他走。」

索羅定一邊眉毛抖了抖，心說——哈，好你個小子，夠陰險啊！

這時，又看到程子謙他們對他招手，索羅定磨牙，有空一定要打他們幾個一頓。

「又說什麼了？」唐星治好奇，「我看明亮臉都青了。」

磨磨蹭蹭又回去，索羅定耷拉著眼皮瞧著眼前四個，那意思——你們有完沒完啊？！

索羅定大致說了一下，眾人倒抽了口冷氣。

「哇，這麼陰險啊？」葛範皺眉。

「卑鄙小人啊！」胡開搖頭，「明亮最討厭人家用這種卑鄙無恥的伎倆啦！」

索羅定斜著眼睛看他們三個，那意思──你們對付我不也是卑鄙下流無恥？

三人一個勁擺手，讓他趕緊再去聽。

索羅定火就往上冒，大半夜的不能睡覺，被一群小鬼耍得團團轉。

再一次回到窗邊，索羅定就聽到裡面王煦和白曉風還接著聊呢，王煦正跟他談未來理想抱負什麼的。

索羅定聽得翻白眼，這回沒等眾人招手就回去了。

「怎麼樣？」

「說的似乎不是人話，我不聽了，老子要回去睡覺！」

索羅定說著就要往樓下跳，被程子謙一把拉住，唐星治等人也仰著臉看他，「再聽一會兒！」

「不用聽了。」這時，就聽走廊那頭有人說話。

眾人刷拉一回頭，只見石明亮有些無奈的抱著胳膊站在那裡，看著眾人。

唐星治等人一撒手，索羅定眼疾手快抓住窗戶。好傢伙，差點掉下去！

石明亮搖了搖頭，轉身下樓了。

胡開用胳膊肘撞了撞葛範，問道，「他不去找王煦了？」

「似乎是啊。」葛範點頭，「所以說呢，要知心腹事，就聽背後言。他可能對那個偽君子徹底失望了吧。」

「那不是更好！」唐星治點頭，「以後別跟他來往了！」

三人趕緊追石明亮去了，準備跟他喝個夜酒，這事情也就這麼過去了。

程子謙翻了一頁紙，問身後的索羅定，「你怎麼看？」

索羅定摸了摸下巴，說道，「白曉風這招也不錯啊，溫吞水似的把這事情扛過去了，總比石明亮和王煦吵翻了臉好。」

說話間，就聽隔壁門一開，白曉風大步走了出來，身後傳來王煦的咒罵聲，「白曉風，你什麼意思？竟然敢耍我！」

白曉風笑了笑，搖著扇子走到樓梯口。索羅定和程子謙對視了一眼，跟著一起下樓。

「喂，你們剛才不是聊得不錯嗎？」索羅定也難得八卦了一會。

白曉風點了點頭，「的確，聊得不錯。」

「那他還罵你？」程子謙也納悶。

「因為聊完後我補充了一句。」白曉風一笑，「之前所有方法都可行，不過我書院不想收他這種陰險小人。」

索羅定和程子謙嘴角抽了抽。

三人離開了客棧。

二樓上，王煦站在窗口盯著樓下遠走的三人，還有遠遠就快消失在街角的石明亮等人。他知道自己被曉風書院的人合力擺了一道，想再控制石明亮是不可能的了，想進曉風書院更不可能。以白曉風在皇城的影響力，自己的前途看來也堪憂了。

程子謙邊走邊問白曉風，「這樣會不會把那小子得罪了？寧得罪君子莫得罪小人啊，後患無窮。」

「無所謂。」白曉風一笑，「反正這日子也過得挺無聊。」

程子謙看了看索羅定。索羅定打著哈欠想——自己大晚上的不睡覺，究竟是為了什麼？

回到書院，白曉月還沒睡呢，在門口等著，見眾人回來，趕緊問，「怎麼樣了？」

白曉風伸手摸摸她頭，說，「這麼晚還不睡？事情都解決了。」

白曉月鬆了口氣，就見索羅定打著哈欠自顧自的回自己屋睡覺去了，連招呼都沒打一個，白曉月嘴就不自覺的癟起來了。

程子謙搖著頭刷刷寫東西，白曉風注意到妹子的表情，微微皺眉，拍拍她，「睡覺去了。」

「哦。」白曉月悶悶的回去睡覺了。

程子謙適時湊過來，手裡拿著紙筆問白曉風，「我想問一下，你對未來妹夫有沒有什麼特別的要求？」

白曉風微微一愣，回頭看了看程子謙，最後笑了一聲，「當然要我看得順眼才行。」說完，走了。

程子謙搖著頭記錄，「唉……前路坎坷。」

◇　◇　◇

次日清晨，索羅定還是老規矩醒過來練了功夫跑去廚房，卻沒聞到那熟悉的牛肉麵味道。

廚房內外看了一圈，白曉月不在，就兩個早起的丫鬟在喝粥，看到他趕緊站起來，喊道，「索將軍。」

「那丫頭呢？」索羅定好奇問。

「哪個丫頭？」丫鬟們面面相覷。

「白曉月啊。」

「那是我家小姐，哪裡是丫頭！」一個嘴快的小丫鬟不樂意了，「小姐病了，今日起不來了。」

「病了？」索羅定一愣，「什麼病？」

「沒睡好又傷風，今早起來說頭疼呢。」

「哦……」索羅定點了點頭，心說昨天還活蹦亂跳的呢，今天就病啦？真嬌貴。

他也沒多想，出門，跑老遠找了個麵攤吃了碗麵，邊吃邊撇嘴——沒那丫頭煮得好吃。

一大早早飯沒吃好，導致索羅定心情也不怎麼好，叼著根牙籤抱著胳膊往回走，沒精打采。抬頭看了看天色，到書院又要上課了，還得坐一上午。今天白曉月病了估計也不能來上課，早上更無聊了，不過下午說不定能休息。

想到這裡，索羅定想——要不要意思意思一下呢？畢竟平日關係不錯還是小夫子，買點補品給她？買什麼好呢……

索羅定邊走邊琢磨，這時聽到不遠處傳來了一陣騷亂聲，還有女子呼救的聲音。

他回頭看了一眼，就見路口的方向行人亂成了一陣，一個女人拚命往前跑，披頭散髮的，穿得倒是不錯，後面一幫人追，也不知道是什麼人。皇城嘛，早晨本就熱鬧，被這一追一跑，整條街都差點掀了。

索羅定往旁邊閃了閃，心說別擋著人逃命的路。

剛剛閃開，那姑娘跑到近處不偏不倚，腳踝一扭，摔在他旁邊爬不起來了。

身後那些孔武有力的男人將她圍住，喝道，「看妳還跑！」

這時候，四周圍的百姓都來圍觀了，指指點點，說這幫大男人怎麼欺負個姑娘。

索羅定抱著胳膊站在一旁看著——送燕窩不知道好不好啊？乾脆請她吃一頓吧，吃胖點估計就不會生病了。

「救命啊大爺！」那姑娘還挺會找人，對著索羅定伸手喊救命。

索羅定歪著頭看，卻是沒動手救她。

街上不少人都認識索羅定，有些就小聲議論：哎呀，索羅定果然不是好人啊，你看他都不出手相助，看著個女人被欺負。

「今日誰都救不了妳！」其中一個大個子上前就要抓那女子。

這時候，就聽人群中有人喊了一嗓子，「住手！你們幾個大膽的鼠輩，當街欺負個弱質女流算什麼英雄好漢！」

說話間，人群之中走出來一個文質彬彬的公子。

索羅定看了一眼，眼熟……想起來了，前幾天剛剛見過，尚書陳勤泰家的公子，陳醒，那天與白曉月去買水魚的時候碰著過。

那幾個小混混指著陳醒，「哪裡來的書生，給大爺們閃邊，少管閒事！」

陳醒別看是個書生，還挺橫，一拍胸脯，「路見不平拔刀相助，少爺可不是見死不救的人！」說完，他還白了不遠處的索羅定一眼。

索羅定眨了眨眼，轉身，找地方買燕窩去吧。

陳醒一見索羅定走了，左右看了看，趕緊指著他的背影，「索羅定，你堂堂大將軍，為什麼見人欺負弱質女流都不出手相助？你將我朝武將的顏面都丟光了！」

索羅定停下腳步，望了望天，再一次感慨——這年頭為什麼誰都在沒事找事？

見圍觀的人越來越多，索羅定抱著胳膊，回頭看陳醒，一眼看得陳醒差點腳軟坐地上。

索羅定乾笑了一聲，挑起一邊嘴角，似乎是在打什麼壞主意。

他抱著胳膊，溜溜達達的走到尚書公子前面不遠處，見陳醒都有些底氣不足了，也就沒再往前走，伸手一指地上趴著那個還哭得梨花帶雨的姑娘，笑問，「咦？妳不是萬花樓的小玉嗎？尚書陳勤泰那位相好的？」

「嘩！」

索羅定嗓門不低，這一句話可了不得了，四周圍觀的百姓炸開了鍋。

陳勤泰在朝為官這些年名聲不錯，一把年紀了，有個三妻四妾就算了，沒想到竟然在萬花樓這種地方還有相好的。

人群立時嘰嘰喳喳。

那姑娘臉都白了，趕緊從地上站起來，否定道，「我不是……」

「剛剛爬不起來，這會兒就龍精虎猛了？」索羅定好笑，跟後面臉色都青了的陳醒打招呼，「怎麼，尚書公子，替你爹來拿你小媽？」

「索、索羅定！」陳醒急得眼都紅了，「你、你別胡說八道汙我爹的名聲！」

「我沒胡說八道啊。」索羅定抱著胳膊，一臉痞子相，「我那天分明看到你爹在萬花樓摟著這位小玉姑娘喝花酒，還說她只要再給他生個大胖兒子，就娶她過門做十三姨太。」

「嘩！」

人群再一次炸開了——陳尚書平日斯斯文文，竟然有十二房夫人？哎呀，一大把年紀了還要跟個二十來歲的姑娘生大胖小子，不要臉了啊！

陳醒急得跳腳，「你、你別胡說八道，她哪裡是萬花樓的姑娘，她分明是……」

「分明是誰啊？」索羅定笑嘻嘻反問，指了指那幾個凶神惡煞的打手，「那幾個不是你尚書府的家丁嗎？你看還穿著尚書府的靴子呢。」

眾人下意識的一低頭。

陳醒想想不對——尚書府的靴子又沒標記！

但此時，索羅定已經到了他眼前了，一抬頭，他正對上索羅定皮笑肉不笑的一張臉，驚得他往後一個趔趄，一眾家丁趕緊上前扶住。

索羅定抬手拍了拍他的肩膀，說道，「下次要假扮路見不平逞英雄，做得逼真點。這群小嘍囉哪裡找來的？一點天分也沒有，一群大男人追了一條街都沒追上個娘們。下次到我軍營，我借你幾個機靈的用。」

索羅定說完，整理了一下衣服，像是突然想起了什麼，問，「對了，你知不知道哪裡有賣好燕窩？」

陳醒張大著嘴不知道該說什麼，一旁一個夥計指了指前面，「拐角回春堂有。」

「哦。」索羅一笑，「多謝。」說完，甩手溜溜達達的走了。

怎麼回事呢？

話說這陳醒自從那日見到白曉月和索羅定在一起之後，心裡一直堵著口氣。也不知道哪個會來事兒的下人給他出了個主意，說讓府裡一個機靈的丫頭和幾個小廝演一齣惡霸欺負弱質女流的戲碼，陳醒在索羅定之前出手相助，到時候就滿城傳言說索羅定膽小怕事，陳醒英勇救人。

可陳醒那點斤兩，在索羅定看來實在是嫩了點。

一開始他看到這幫人追的沒用心追、跑的也沒用心跑，就知道有人做戲呢。見人摔到自己腳邊了，本以為是什麼人要使什麼計，但看到陳醒跳出來，索羅定也大致猜到是怎麼回事了。

他本不想計較，抬腳走人拉倒，不過陳醒說話不中聽，索羅定就只好幫他爹教育教育他。論耍流氓，一百個陳醒都沒法跟索羅定比啊，自然敗下陣來。

這一下，皇城可炸開了鍋，關於索羅定是不是救一個女子自然沒人關心，陳尚書那單八卦更有吸引力一些。如今人人都說陳勤泰衣冠禽獸啊、老不正經啊，娶十二房夫人還逛窯子啊。

等陳醒回到家裡，黑著臉從朝上回來的陳勤泰拿著木尺就要打死他。正這時候，有個索羅定軍營的副將跑來了，跟陳勤泰說了幾句，陳勤泰趕緊恭恭敬敬將人送出門，回來後臉色好了些，罰陳醒跪祠堂，倒是沒再打他。

下午的時候，《子謙手稿》發出來，全皇城的人才知道，原來索羅定認錯人了，陳勤泰沒那麼多妻妾，被冤枉的。

於是，皇城百姓說了索羅定幾句「離譜」，這事情也就過去了。

◇◇◇

白曉月早晨喝了湯藥後一直睡到下午，爬起來覺得身上好了不少，頭也不疼了，就坐在院子裡走神。有個丫鬟跑進來，給她端來一盅燕窩。白曉月瞧了一眼，沒胃口，「不吃。」

小丫鬟眨眨眼，勸說，「小姐，索將軍拿來叫我們燉的。」

白曉月一把抱住湯盅，問，「他叫妳們煮燕窩？」

「是啊。」丫鬟點點頭。

白曉月想了想，疑神疑鬼問，「他……煮了很多？每個人都有啊？不是豬皮吧？」

丫鬟直樂，「小姐，這可是好燕窩，回春堂的一品血燕吶，索將軍早上特地去買的。他聽說妳病了就去買了，讓妳吃了好好調養呢。」

白曉月捧著湯盅，一小口一小口吃燕窩，笑得眼睛都瞇起來了。甜呀，甜死了怎麼辦呀！

◇　◇　◇

白曉月的傷風在吃了索羅定一碗及時的燕窩之後，徹底痊癒了，不知道是燕窩的作用還是這姑娘心裡得意，總之第二天托著課本上學堂的樣子十分俏麗了，整個人也是容光煥發。

唐星治一大早看到白曉月嫋嫋婷婷從眼前走過，看得眼有點直，一個沒留神，撞柱子上了。

「嘿嘿……」

唐星治揉著腦門回頭，就見唐月嫣正走在他後面，捂著嘴直樂。

唐星治面子有些掛不住，暗暗罵自己，怎麼跟個登徒浪子似的那麼輕浮，趕緊咳嗽一聲，往海棠齋走。

「皇兄。」唐月嫣跑上前，挨著唐星治走，「曉月病好啦？」

唐星治「嗯」了一聲，搔搔頭。

「過幾天就是花會了，要不要約她出去？」唐月嫣提醒。

唐星治愣了愣，「花會……」

花會其實也就是一年一度的花燈會，白天賞花、晚上賞燈，年輕男女都會打扮得漂漂亮亮相約同行。

唐星治一聽就心活了，這可是千載難逢的好機會！自從入了曉風書院就風波不斷，都沒機會好好跟曉月親近親近。

「哥啊。」唐月嫣湊近了一些。

唐星治挑眉瞧著她。唐月嫣通常都喊他皇兄，撒嬌了才叫哥呢，而且這妹子也不常撒嬌，不用問，有事情求自己呢。

「怎麼啦？」唐星治笑問，「想跟曉風夫子去花會啊？」

「唉，這個就先別提了。」唐月嫣看了看左右，小聲說，「你聽說沒，桂王要來了，好像還帶了小王爺來。」

「哦。」唐星治點頭，「知道啊，之前父皇跟我提起過，他和桂王好些年沒見了，小王爺應該就是興平侯，叫岑勉，妳應該見過的，小時候來過皇城。」

「我記得。」唐月嫣撇撇嘴，「就那個比我還矮的膽小鬼嘛。」

「那是以前，據說這會兒文武雙全、還一表人才呢。」唐星治說到這裡，好奇問唐月嫣，「問這個幹嘛？」

「我聽皇娘說……父皇想把我許配給那個岑勉。」唐月嫣噘著嘴。

唐星治一皺眉，「有這種事？那不成啊！」

「就是啊！」唐月嫣一臉不悅，「嫁給他要跟他去南方，這跟和親有什麼區別？」

唐星治聽後倒是笑了，「我總算明白了，之前宮裡有消息說皇娘生父皇氣呢，不吃東西還給氣病了，就是因為這事兒吧？」

唐月嫣抿著嘴「哼」了一聲。

「不用擔心！」唐星治笑著安慰，「父皇估計就覺得岑勉不錯，於是隨口說了句，要把妳指給他。他最疼妳，妳要是去了南邊誰逗他開心啊，到時候恐怕妳想嫁岑勉他都不肯！」

「但願了。」唐月嫣挽著唐星治的胳膊小聲說，「不過你還是要上心這事兒啊，父皇一喝多了一開心，別胡亂答應桂王什麼，到時候倒楣的可是我！」

「放心。」唐星治手指頭輕輕一彈唐月嫣的腦門，保證道，「有我和娘在呢，怕什麼。」

兩兄妹說說笑笑進海棠齋了。

假山後面，記錄到第一手資料的程子謙冒了出來，邊寫邊「嘖嘖」搖頭，「看來又要有熱鬧看了。」

「你筆下就沒不熱鬧的日子。」

程子謙一驚回頭，見索羅定打著哈欠進來了。

「老索，想不想聽八卦？新鮮熱辣！」

程子謙還沒來得及說，索羅定一擺手，「你少來，我今天要跟白曉風請假，你自己慢慢八卦個夠吧。」

「請什麼假？」程子謙跟在他身後，追問，「你病啦？不會吧，你從來不生病！」

索羅定瞪了他一眼，懶洋洋開口，「桂王來皇城了，老子要帶兵去迎接他。」

「哇，夠有面子啊！要你這個護國大將軍去迎接？」程子謙說著，算了算時辰，「不對啊，桂王下午才到呢，你一大早就去城門口候著啊？」

「他有那麼大的面子嗎？」索羅定撇嘴，「我是出城五百里去接他。」

程子謙驚訝的張大嘴，「桂王官階有你高嗎？」

「不是官階的問題。」索羅定擺擺手，「最近這一路上總有山賊，不太平，皇上怕出事，所以讓我去接進來。」

「皇城附近的確有山賊出沒，不過頗神秘。」程子謙翻著資料確認。

索羅定一攤手，問道，「我特地派了好多人都沒查到。你那邊有沒有什麼八卦，關於山賊的？」

「還真有！」程子謙雙眼亮閃閃，「聽說過沒？這幫山賊有個習慣，不劫財不劫色，專劫美男。」

索羅定嘴角抽了兩下，「那敢情好啊，乾脆把白曉風帶上，看能不能把山賊引出來。」

「主意不錯啊！」程子謙立刻來了精神，「你等我，我去拿網兜……」

「拿你個頭！」索羅定搖著頭伸手按著程子謙腦門，將他推出海棠齋，「別添亂。」

索羅定進門坐下，程子謙在院子裡蹦躂，「索羅定，你小心自己被山大王抓走做壓寨夫男！」

海棠齋裡一群人正看書呢，一聽到程子謙的吼聲，全部八卦的轉回頭問索羅定，「什麼壓寨夫男啊？」

索羅定望天，讓眾人別聽程子謙胡說八道，他早上吃髒東西了！

白曉月坐在索羅定身後，狐疑的看了他一眼——壓寨夫男？之前有人傳說皇城外面三百里的大平山上有山賊，山大王還是個女的，莫不是索羅定要去剿匪了？

白曉月想了想，伸出一根手指，戳戳索羅定的肋骨。

索羅定最怕白曉月這麼戳自己……這丫頭手指頭又細指甲還長，戳一下不痛不癢，全身起雞皮疙瘩。揉了揉肋下，索羅定回頭，還得給她陪個笑臉，「怎麼了？」

「你要出城啊？」

「對哦。」索羅定一進書齋就本能的坐下混日子，差點忘了自己是來請假的。起身，上前跟白曉風說了幾句，白曉風自然點頭。

索羅定於是大踏步就出去了。

白曉月皺起眉頭——沒說明白就走了啊！

索羅定一走，唐星治等人立馬小聲議論。

「索羅定是不是抓山賊去了？」

「有可能，是不是大平山上的女賊啊？」

「很有趣的樣子啊。」

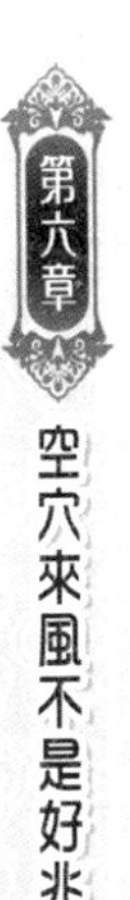

「好想跟去。」

「聽說沒?大平山的女賊專抓男人!」

「不是吧……抓回去幹嘛?」

「先姦後殺嘍!」

「真的假的?!」

「……」

「咳咳。」白曉風咳嗽了一聲，眾人只好坐直了繼續看書，不過心早就飛出去了。

白曉月在後面聽得清楚，心裡就癢癢——索羅定剿匪去啊?那豈不是會出動大軍?他會不會也穿著盔甲上陣殺敵呀?

白曉風翻開書，抬頭準備開始講課，「今日我們講……」剛說了幾個字就皺眉——白曉月上哪兒去了?座位已經空了。

◇　◇　◇

程子謙在書院門口蹲著改稿子，好讓手下拿去分發，就看到身邊一個黑影，抬頭一看，驚了一跳。只見白曉月換了一身黑色的男裝，戴著個書生帽子。

「曉月姑娘，妳幹嘛去？」程子謙納悶。

「索羅定呢？出城了沒？」

「哪兒那麼快啊。」程子謙搖搖頭，「這會兒估計在軍營整隊呢，妳……」

「我也想一起去。」白曉月小聲點嘟囔了一句。

程子謙眯著眼，問，「我說，曉月姑娘妳幹嘛穿男裝？」

「要隨軍當然要穿男裝，不然帶著個姑娘行軍多不好看。」白曉月小聲嘀咕。

「妳要隨軍去啊……」程子謙拉長了調子，「該不會，是怕老索被女賊綁了去？」

「的確有這個危險！」白曉月認真點頭。

程子謙笑得腰都彎了，「拉倒吧，妳哥倒是還有些可能，就老索那張臉，往下一拉比茅坑還臭，哪個山大王吃飽了撐的劫他……哈哈！」

話沒說完，白曉月忍不住推他。

「我算知道什麼叫情人眼裡出西施了。」程子謙忍著笑，對白曉月擺手，「放心，老索那功夫誰打得過他？再說了，幾萬人馬跟著呢，山賊當然有多遠躲多遠了。」

「那我也想去。」白曉月又嘀咕了一句。

程子謙想了想，倒是明白了，「哦……妳想看看他頂盔擯甲、罩袍束帶的威風勁吧？」

白曉月面上紅撲撲，小聲道，「那總說將軍將軍，沒見過嘛。」

程子謙一笑，「我帶妳去。」

「你能進軍營啊？」白曉月高興。

「切，哪兒我去不了？咱們騎馬去，趕緊！」程子謙於是帶著白曉月趕去軍營了。

兩人前腳走，後腳白曉風就追出書院了，大老遠看到白曉月一身男裝、跟個野丫頭似的隨程子謙跑去軍營了。白曉風無奈搖頭——女大不中留啊，留來留去留成愁，這哪兒還有一點名門淑女的樣子！

◇◇◇

索羅定點齊兵馬，翻身上馬準備出城了，就看到程子謙騎著馬，笑咪咪來了，身後還帶著個人。

索羅定一看，頭都大了。

程子謙笑得賊壞，問身邊白曉月，「怎麼樣？人多吧？」

他原本想，白曉月第一次見到幾萬兵馬的陣仗，一定大驚小怪。只不過此時別說幾萬人，幾十萬人白曉月都看不見，光顧著看索羅定一身將軍袍，還有那一身金色的盔甲。

索羅定其實只穿了軟甲，並不是那種打仗真正穿的大盔甲，但還是別提多精神了。

白曉月看了幾眼就不看了，腦袋裡往外蹦詞兒，什麼威武啦、八面威風啦、英雄氣概啦等等……總之比書院那些又柴又弱的書生好一萬倍！白曉月低著頭胡思亂想，告誡自己不能盯著看，這麼沒出息！

程子謙突然覺得有些好笑，白曉月看索羅定的樣子，其實跟那些平日看她的少爺公子們很像，欽慕得咧，卻又不敢接近，小鹿亂撞、手腳都不知道該往哪兒放。

見人走到身邊了，索羅定就問，「你們來幹嘛？」

程子謙昂首挺胸，回道，「隨軍校尉，跟你一起出城嘛。這個是我的小跟班。」

索羅定看他，「什麼隨軍校尉？」

程子謙將一張明黃色的聖旨拿給他看，「忘了跟你說了，我也是迎接桂王的使者之一。」說完對索羅定擠眼睛，那意思——皇上是怕你一會兒禮數不周，你負責安全，我負責禮數。

索羅定望天。程子謙之前不說，這人性格實在是惡劣。

又看了看白曉月，索羅定皺眉，問，「妳怎麼也來了？」

白曉月有些不好意思，覺得自己一廂情願似的，不過看到了也不吃虧，一會兒要是能看到打仗就更好了……不過剛才程子謙說什麼迎接桂王？不是剿匪嗎？

「去。」程子謙還挺護著白曉月，瞪了索羅定一眼，「她跟我來的，管得著嗎你！」

索羅定無語。不過他跟程子謙吵架互損也不是一天兩天，將士們早見怪不怪了。

索羅定將自己的披風脫下來交給白曉月，心說——好幾萬大軍呢，都是男人，妳個大家閨秀還真不講究，回去白曉風估計得拿刀捅死我。

白曉月接了披風披上，還有些溫熱呢，一顆心怦怦跳，但是又不能叫索羅定看出來，女孩兒要矜持，太主動容易被人看輕。於是披上披風後，白曉月面上的表情還是挺彆扭。

索羅定還納悶呢——之前不是哄好了嗎？還生氣呢？臉那麼臭。

程子謙搖頭——這一對啊，還真是……

◇◇◇

浩浩蕩蕩的人馬出城，沿路引來不少百姓圍觀。

程子謙邊走嘴也不閒著，跟索羅定八卦，「這次皇上似乎是有意要有多麼張揚就搞多麼張揚，看來傳聞非虛啊。」

「什麼傳聞？」索羅定邊問，邊留意看一旁的白曉月。她一副書生打扮再披著披風，隱在隊伍裡，似乎沒引起路人注意。

「據說皇上有意把七公主許配給小王爺岑勉。」程子謙笑嘻嘻，「你猜到時候會不會讓你去做送親大將軍？」

索羅定聽著覺得有趣，「把小閨女嫁去那麼遠，他捨得？」

「那誰知道？」程子謙一攤手，「聖心難測啊。」

索羅定乾笑了一聲。

說話間人馬出城，上了官道往遠行。

「要走多遠？」程子謙怕白曉月騎馬累，就問索羅定，「不是一直走到碰到為止吧？還是你真心想去剿匪？」

其實索羅定真的想去大平山一帶轉轉，最好是把那些山賊都抓了，不過這次帶著白曉月，不太方便。

他正在猶豫，就見到前方出現了大批的人馬，列隊而來。

「咦？」程子謙抬手遮著日光往遠處眺望，這些人馬裝束齊整，看起來不像山賊也不像走鏢的……馬車上那個是不是桂王？

索羅定仔細看了看，倒是認了出來，桂王岑萬峰。

白曉月也有些緊張，轉眼看索羅定。索羅定很穩當的站在馬蹬上，輕輕抬手，示意身後人馬停下。

白曉月就盯著索羅定抬手又放下手的那個姿勢，做得那麼自然，不輕不重，還懶洋洋的，但是身後的兵馬全部停下來了……白曉月又激動了。

身邊程子謙見這白曉月這丫頭眼裡都快往外冒星星了，也頗無奈，真不知道她這麼個擁有萬千追求者的大家閨秀，看中索羅定這老粗什麼了。

雙方人馬到了一定距離之後就都停下了。

索羅定沒下馬，伸出兩根手指對程子謙揮了揮，示意——你不是負責禮數嗎？過去打招呼吧。

程子謙撇嘴，不過還是拉了拉馬韁繩，上前幾步，問道，「來的可是桂王人馬？」

對方也出來了一位年輕的武將，對程子謙拱手一禮，「在下諸葛雄，對面可是來迎接的人馬？」

程子謙聽著對面這位中氣挺足的，笑了笑，「在下史官程子謙。」

話出口，就見諸葛雄微微皺眉，大概是嫌棄怎麼找了個史官來迎接。程子謙則不緊不慢接著往身後一比，「大將軍索羅定迎接桂王。」

諸葛雄微微一愣，往程子謙身後望過去，就見他身後的馬上坐著一個黑衣男子，臉上刀削斧砍的五官突兀得有些刺目，那一頭長髮在日光下，隱隱的有紅色光芒……這就是那位人見人憎又人人畏懼的皇城第一號討厭人物，索羅定！

討人嫌可不代表沒地位，桂王再大不過是個異姓王爺，這位可是大將軍！

諸葛雄立刻回去稟報，桂王自然很開心，覺得皇帝派了將軍這麼大陣仗歡迎自己，立刻從馬車裡出來，順便帶著自己的兒子岑勉。

一路往外走，他還叮囑岑勉，「索羅定兵權在握、十分能幹，你要與他好好相處，聽到沒有？」

岑勉乖乖點頭，「是的，父王。」

索羅定見對面人下馬了，就也翻身下馬。

身後所有騎馬的兵將看到索羅定下馬，自然沒有繼續坐著的道理，也都跟著下馬。

白曉月見大家下馬她自然也要下來，不過畢竟是個大家閨秀，沒怎麼騎過馬，一下來還踩了個空，直接滑了下來。

索羅定眼疾手快過去一把接住，望天翻了個白眼，心說這要是摔壞了，回去白曉風估計要讓他抄完整個書院的書。

輕輕將白曉月放地上，索羅定不忘問一句，「摔著沒？」

白曉月趕緊搖頭，有些不好意思，不過索羅定接那一下……呀！手好大。

索羅定見她沒摔傷，放心了，往前走繼續迎賓。

程子謙搖頭——白曉月滿臉受用啊，這姑娘是中了索羅定的邪了吧？

剛才的過程，自然逃不過迎面走過來的桂王的雙眼。

桂王有些納悶——這書生是個什麼人？長得好秀氣……

桂王畢竟上了些年紀，有些眼力，多看幾眼，認出了是個姑娘女扮男裝的。

這下子，桂王就有些不太拿得準了。以他對索羅定的了解，這人行軍絕對不會帶個女人在身邊，而且這女孩兒雖然女扮男裝，卻是難掩美貌，還有一股文靜書香氣。

桂王摸了摸下巴，眼珠子一轉，他之前聽說皇上有意撮合他兒子和七公主唐月嫣……莫非是唐月嫣先女扮男裝，想看看他兒子什麼樣子？

越想，桂王越覺得靠譜，看索羅定剛才接著她的著急樣子，必定是身分尊貴的公主。

「唉，勉兒。」桂王回頭問岑勉，「你看那書生。」

岑勉看了一眼，不太明白他爹讓他看什麼，「怎麼了？」

「是你月嫣表妹嗎？」桂王問。

岑勉失笑，「那是個書生。」

「嘖。」桂王瞪了他一眼，「看仔細點，女扮男裝的！」

「是嗎？」岑勉又看了看，皺眉，「不太像。不記得了，我見月嫣表妹的時候她才幾歲，女大十八變呢。」

「不過，挺漂亮哦？」桂王逗他。

岑勉笑了笑，似乎沒什麼興趣，「大概吧。」

「你這孩子……」

桂王話沒說完，程子謙和索羅定已經到了跟前。

程子謙那兩隻招風耳耳聽八方，早就聽到爺倆對話了，心下明亮——果然桂王也有意思撮合這門親事。

「索將軍。」桂王先開口，他和索羅定曾經見過，雖然不算多熟悉，但是見面也熱絡。

索羅定笑了笑，對他拱手，「桂王，別來無恙。」

「託福託福，哈哈。」桂王客客氣氣，和索羅定並排往前走，「有勞將軍來接。」

「應該的。」索羅定畢竟也當了那麼久的官了，寒暄兩句無難度，最後一個「請」字交差。

桂王有意不坐馬車，騎上馬，與索羅定並行，邊走邊聊，岑勉相陪。

索羅定邊走，邊不時看一眼身後的白曉月，見她這回坐挺穩，而且程子謙就在她身邊護著，放了些心。

這姑娘糊裡糊塗的，走路都撞來撞去，也不知道怎麼了。之前見面就覺得她一股精明勁兒，相處越久越覺得呆，可別摔下來被後面的馬踩了。

「索將軍。」桂王注意到索羅定的視線，越發肯定這姑娘來頭一定不小，就問，「聽說索將軍與皇子公主在曉風書院上課？」

索羅定點頭，哭笑不得，「見笑。」

「哈哈，哪兒有什麼好笑的，所謂學而不倦嘛！」桂王邊說，邊拍了拍低著頭跟在後面一言不發的岑勉，「勉兒啊，你不是仰慕白夫子已久嗎？不如這幾天你也去書院旁聽，好增長些見聞！」

「呃……」岑勉張了張嘴，心說誰仰慕白曉風了？

程子謙立刻來勁了，「我聽說小王爺文武雙全，如果長住皇城，不如去曉風書院學個一年半載，大有裨益！」

「那好啊！」桂王心說，正合我意！聽說七公主唐月嫣也在書院唸書，最好來個近水樓臺先得月，撮合兩人。再跟六皇子搞好關係，那可是未來皇帝，最好還能和索羅定處到稱兄道弟，那他兒子以後仕途就一片坦蕩了！

桂王的算盤好，不過岑勉似乎並不興奮，「星治他們都在書院啊？」

「在。」程子謙笑咪咪的回答，「七公主也在的，你表妹。」

「對啊！」桂王笑著點頭，還佯裝好奇，「還有誰啊？」

「哦，還有小王爺胡開、大才子石明亮、三公主等等……」

「月茹表姐也在啊？」岑勉突然問。

程子謙愣了愣，才想起來，三公主的歲數比岑勉大，的確是他表姐吧。

「在的。」

「哦。」岑勉點頭，「我是好久沒見星治了。曉風夫子的大名我聽過，不過聽說書院門檻很高、很難進。」

「不難。」程子謙指了指索羅定，那意思——你看他都進了。

身邊眾人就笑，索羅定乾笑——你這個死八卦男！

程子謙嘴上雖然說笑，雙眼卻是溜過去瞧岑勉。不知道是不是錯覺，在講到三公主唐月茹也在書院之後，岑勉明顯興致高了些。

程子謙摸下巴——難道說，這位小王爺中意的不是他的月嫣表妹，而是他的月茹表姐？那就微妙啦！

索羅定隔著幾個人都能感覺到程子謙那股興奮勁——這小子又發現什麼八卦了？

人馬浩浩蕩蕩進城，目的地第一站當然是皇宮。

在途經曉風書院的時候，白曉月的馬被白曉風偷偷牽走了。下了馬，白曉風看著披著披風、一身書生裝的白曉月有些上火，斥道，「妳什麼樣子！」

白曉月癟嘴。

「還不去換衣服？都是索羅定帶的！妳是名門淑女，怎麼跟個野丫頭似的？」白曉風火氣有些大。

白曉月斜了他一眼。白曉風火氣立馬降下去一半，語氣也放軟，「女孩子要矜持。」

白曉月繼續斜眼看他。白曉風最後沒了氣勢，「去換衣服啊，今晚給桂王洗塵，皇宮裡擺酒設宴，索羅定也去。」

白曉月小跑著就回自己屋裡換衣服去了。

白曉風抱著胳膊搖頭，他妹子怎麼就看上索羅定了呢？這怎麼跟他爹交代？

「她能有這麼中意的人，是她的福氣，擔心什麼？」

白曉風回頭，就見唐月茹站在他身後，含笑問他。

「落花有意流水無情，這算什麼福氣？」白曉風似乎不這麼看，「索羅定是塊頑石，不解風情，我妹妹要被人在手心裡捧著才成。」

「適不適合是曉月說了算的。」唐月茹卻有不同看法，「她當然好福氣，一個人知道自己喜歡什麼又能去喜歡別人，總比被太多人喜歡卻又不知道自己該喜歡誰來的有福氣。」

白曉風看唐月茹，有些尷尬。唐月茹笑著搖了搖頭，往外走了。

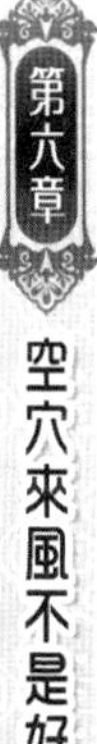

「呃……」白曉風突然像是想到了什麼，開口，欲言又止。

唐月茹回頭，「怎麼？」

「我想知道索羅定對曉月有沒有意思。」白曉風走上幾步，跟唐月茹一起站在門口。

「那你就自己去問問他吧。」

「弄巧成拙了怎麼辦？」白曉風搖頭，「曉月該不理我了。」

唐月茹想笑，「那你想我怎麼幫你？」

「提醒一下索羅定唄。」白曉風道，「只要曉月不吃虧。」

「嗯，倒是不難。」唐月茹點了點頭，「不過我心機那麼重，怕是又給你弄巧成拙什麼的……害你挨罵還挨打就不好了。」

白曉風哭笑不得，唐月茹這算是在抱怨之前那次。

見白曉風有些無奈又有些侷促，一雙眼睛看著自己明顯討饒，唐月茹什麼脾氣也沒有了，輕輕拍了拍他肩膀，「包在我身上，不過你可欠我個人情，要還的。」

白曉風點頭。唐月茹款款出門，上了馬車，車夫趕車回皇宮。

立刻，門口目睹此情此景的人風傳……白曉風和唐月茹在書院門口眉目傳情說悄悄話呢！神情曖昧舉止親暱，看來是有門！

白曉風回轉身進書院，就看到白曉月換好衣服了，一身白色的長裙顯然是新做的，上面淡粉色的花瓣繡工精細。

她穿得漂漂亮亮，不過手裡拿著個蒸餃，啃得滿嘴油。

「儀容啊儀容，姑娘！」白曉風忍不住提醒。

白曉月腮幫子鼓著嚼蒸餃，一臉的無所謂，「女為悅己者容，姑娘我的悅己者不在，姑娘不要儀容！」說完，跑廚房找吃的去了。

◇　◇　◇

完成迎接任務之後，索羅定和程子謙離開皇宮，身後跟著岑勉。

岑勉說在皇宮也沒什麼意思，要跟著兩人去書院。

桂王和皇帝就將岑勉交給索羅定照顧了，讓他帶去書院，暫住在那裡，書院年輕人多他也玩得開，在皇宮拘謹。

出了皇宮，岑勉整個人都精神了，聊了幾句就跟程子謙熟絡了。索羅定話不多，又是個半死不活的性子，熱絡不起來。

程子謙是個機靈鬼，岑勉沒什麼心眼，三言兩語就被他套出來了……岑勉一個勁問三公主的近況，講起他月茹表姐就一臉的神往，連索羅定這慢性子都看出來了，這小子原來喜歡的是唐月茹啊，還是暗戀了

十幾年的類型，不過唐月茹比他大不少呢。

眾人一進書院，正看到白曉月一手拿著籠屜，一手拿著蒸餃啃著，在院子裡逗她的細犬傻傻。

索羅定前腳邁進門，看見了就問，「餃子什麼餡兒？」

白曉月塞了滿嘴蒸餃一眼看見他，轉身就跑了，留下傻傻對著索羅定搖尾巴。

索羅定無語的撓頭——這丫頭一天比一天古怪了。

「怎麼了？」程子謙不解。

索羅定一攤手，「大概怕我搶她餃子吃吧。」

「呵。」岑勉在後面忍不住笑了一聲。其實他剛才就發現了，白曉月女扮男裝跟著索羅定的人馬同行，時不時抬頭看一眼索羅定寬厚的背，滿眼的欽慕。這種眼神他熟悉，知道這姑娘喜歡這位大將軍，不過索羅定夠呆的啊，是堵厚實的牆。

這時，門裡白曉風走了出來。

程子謙介紹，「白夫子，這是小王爺岑勉，暫住書院旁聽幾天。」

白曉風點了點頭，讓管家準備院子安頓岑勉。

岑勉看著白曉風——這就是白曉風啊，果然風流人物，難怪……他月茹表姐這麼中意。

白曉風回頭，有些納悶，岑勉看他的眼神，似乎有幾分敵意。

索羅定見沒自己什麼事了，正準備回屋，就看到程子謙蹲在假山邊，刷刷飛快寫著什麼，一臉亢奮。

「你有病啊。」索羅定抱著胳膊無奈的看他，「又有什麼好寫的，寫得你滿臉賤笑。」

「你懂個屁！」程子謙興奮得兩眼放光，「這種你喜歡我我不喜歡你我喜歡你你又不喜歡我你喜歡他他又喜歡我我不喜歡他我只喜歡你你卻不喜歡我他卻只喜歡我的橋段……好精彩！這種精彩你這個傻蛋不會懂！」

索羅定嘴角抽了抽，搖著頭走了——書真的不能唸太多，唸多的都有病！

◇◇◇

岑勉入了曉風書院，才知道與三公主擦肩而過，唐月茹剛剛進宮去了。

岑勉邊整理東西，邊無奈嘆氣——早知道剛才不著這份急了，在宮裡等著多好。所以說，有時候緣分這種事情，說不準。

「岑勉。」門外，有人叫了他一聲。

岑勉回頭，就見一個錦衣華服的年輕人跑了進來，身材挺拔精神爽利，樣貌也俊朗，和皇上有幾分相似……

「六皇子。」岑勉站起身行禮。

「哎呀，客氣什麼，叫我星治。」唐星治拍了拍他肩膀，「我帶你參觀書院？」

岑勉笑著點了點頭，將心中那份淡淡遺憾拋諸腦後，和唐星治逛書院去了。
曉風書院經過一場大火，好些樹都燻黑了，房舍倒是重新建造過。
岑勉驚詫，「失火過？」
唐星治一攤手，「這麼大的事你都沒聽過？」
岑勉搖頭，於是唐星治跟他說了之前那件驚動整個皇城的大八卦。
聽完荀青向白曉風尋仇、後來意外死亡的全過程之後，岑勉倒是愣了。
「是不是覺得那書生想不開吶？」唐星治抱著胳膊問他。
「嗯……」岑勉若有所思點了點頭，「荀青的確是有些可惜，但……」
「但什麼？」唐星治笑問，「是不是想八卦白夫子和姚惜希的事情？」
岑勉搖搖頭，「我是想不通，為什麼從頭到尾挨罵的只有索羅定呢？他沒幹什麼壞事，相反的，聽你說他的言行，這人又聰明又風趣，怎麼皇城甚至皇城以外，關於他的傳言都如此不好？」
「呃……」唐星治眨眨眼，摸著下巴思考——這可是絕世難題，只有天曉得吧，估計是因為索羅定長了一張不怎麼討喜的臉？又或者因為脾氣臭？
「話說回來，月茹姐姐為白夫子真是盡心盡力啊。」岑勉又感嘆了一句，「真是難得。」
唐星治覺得岑勉實在是個老實人，一搭他肩膀，說道，「只可惜啊，佳人心思用盡，白夫子就是雷打不動。不過也是，是我我也不選她……」

「為什麼？」岑勉似乎覺得不能理解，「她有哪裡不好？」

「就是沒有地方不好！」唐星治大搖其頭，「男人嘛，哪個不想女人小鳥依人，找個比自己還能幹的女人……也難怪三皇姐這麼中意白夫子了，你看看皇城上下所有的男人加起來，論相貌哪個配得上她？論才智哪個配得上她？論身分地位誰敢高攀她？另外，年齡也稍微大了點，不尷不尬的。」

岑勉聽到，有些不悅，「那是那些男人沒眼光，也不是他們不要，是他們要不起，配不上！」

唐星治愣了，轉臉看岑勉，見他氣哼哼的臉色不好看。

唐星治雖然跟岑勉很久不見了，但這位兄弟他小時候相處過，脾氣好得跟隻羊咩似的，很少見他跟人急眼，小時候更安靜，總是拉著三皇姐的手走來走去，都不跟其他皇子皇孫玩。當時大家都笑話他沒出息，也難怪月嫣不喜歡他……

等一下……拉著三皇姐的手？

唐星治湊過去，仔細盯著岑勉看了起來。

「幹、幹嘛？」岑勉有些不自在。

「哦！」唐星治一拍手，恍然大悟，「我明白了，你小子暗戀我三皇姐……唔！」

唐星治話沒說完，岑勉一把捂住他嘴，緊張兮兮四處看。

唐星治睜大眼睛看他——這麼緊張，莫非真的？！

岑勉訕訕放下手，瞧了唐星治一眼，小聲叮囑，「你別亂說啊。」

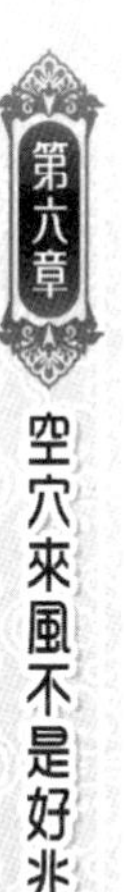

「呃……」唐星治愣了片刻之後，拍拍岑勉，「你不應該叫我別亂說，我能告訴誰去？你應該叫他不要亂說。」說完，一指假山後面。

岑勉一驚，回頭望。

就見程子謙從假山後面探出頭來，捧著一疊寫得密密麻麻的紙，往門口溜達，「我路過……」說完，人已經跑沒影了。

岑勉急了，「這怎麼回事……」

唐星治哭笑不得，「這書院就這樣。不過放心吧，暗戀皇姐的人太多了，你這也不算多大的八卦，子謙夫子應該不會寫到每日的手稿裡的，不過……」

「不過什麼？」岑勉緊張。

「要是你和白夫子搶起來，那就是大八卦了，到時候肯定傳得街知巷聞！」唐星治說著，一搭岑勉的肩膀，「不過你放心，我支持你！」

「嗯嗯，我們也比較支持你。」

岑勉一愣，回頭看，不知道什麼時候，胡開、葛範、石明亮他們三個從另一塊太湖石後面鑽了出來。

岑勉望天，這書院的人怎麼聽牆角聽成這樣。

「還有沒有人啊？」岑勉在院子裡轉了一圈，發現沒別人了，鬆了口氣。

唐星治本來是被唐月嫣磨得實在沒辦法了，來給她探探岑勉的口風，沒想到這位小王爺對他妹妹一點興趣都沒有，非要挑戰高難度，還是皇城至高的唐月茹三公主，這……有沒有好結果暫且不論，有好戲看了倒是絕對。

打發走了那三個聽閒話的閒人，唐星治帶著岑勉繼續逛園子。

在經過索羅定的院子門口時，岑勉說進去打個招呼。唐星治心不甘情不願的，不過還是跟著他進去了。院子中間，俊俊被一隻飛來飛去的蝴蝶吸引，追來追去的，似乎要跟蝴蝶玩兒。那蝴蝶只是戲耍牠一般，每次落在俊俊鼻子上，然後飛起來，俊俊就屁顛顛跟著牠在院子裡轉圈，似乎是等牠飛累了，好借個鼻子給牠歇歇腿兒。

索羅定房裡的大門開著，此時的情景有些出乎岑勉的預料。

就見白曉月一手拿著書，一手背在背後握著戒尺，正圍著桌子踱步呢。索羅定則是抓著筆趴在桌邊，倒是挺認真在寫東西，就是抓筆的姿勢有些怪，不過看著神情還挺專注的。

白曉月走兩步，湊過去看一眼，滿意點點頭，接著踱步。

此時斜陽正好，金色的餘暉鋪了半個院子，從開著的窗戶漏進去了些，灑在索羅定的背和側臉，勾出一個光亮的輪廓。他鏽紅色的頭髮在光照下變成了火紅色，彷彿是能透過光去。

白曉月膚色白，又喜歡穿一身白，長長的眼睫毛忽閃下，好像帶著光斑。

岑勉忽然覺得這兩人挺般配的。索羅定的樣貌完全不如傳說中的那麼可憎，與剛才率領千軍萬馬時的霸道不同，此時寫一會兒、咬一下筆桿的樣子，一點都不凶惡。

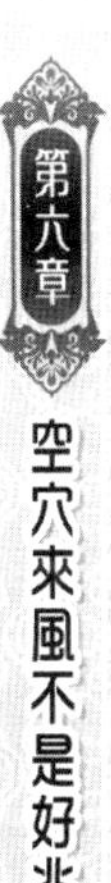

唐星治癟了癟嘴，似乎心情不好，扯了扯岑勉，那意思——別打攪別人唸書了，走吧。

岑勉很識趣的跟他一起出門，去參觀他們每天上課的海棠齋。

兩人走後，白曉月望著門口自言自語，「岑勉和唐星治處得不錯啊。」

「岑勉那小子性格不錯，跟隻兔子似的，應該是個人都能跟他處得不錯。」索羅定叼著筆桿，一手拿著卷子交給白曉月，「寫好啦。」

白曉月收了卷子，索羅定「噌」一聲竄了起來，伸了個大大的懶腰，「坐得腰痠背痛的。」

白曉月看了看卷子，今天是讓索羅定默《出師表》。白曉月也算因材施教，這人對什麼兵書戰史感興趣，文人騷客的東西他不喜歡。一說到《出師表》，他竟然會背，白曉月想給他講講《出師表》的意思，沒想到索羅定還笑話她女孩兒沒見識，反過來跟她說半天，還挺有些獨到見解的。

白曉月算是掌握竅門了，以後叫索羅定看書就看兵書或者戰史，他應該能定下心來的。

「噓。」

白曉月本想問索羅定想吃點心不，一會兒晚宴要很晚才能吃呢，而且可能吃不飽，給他煮碗麵吧？可是還沒開口，索羅定輕輕「噓」了一聲，對著院子努努嘴。

白曉月望過去，就見傻傻趴在石桌邊，鼻尖上，那隻蝴蝶總算是停下來了，大概飛累了吧。傻傻傻呵呵的對著眼，看那蝴蝶，還一個勁搖尾巴。

白曉月捂著嘴忍笑，索羅定蹲在門檻上看傻傻。

岑勉參觀完海棠齋回屋，經過索羅定院門口往裡望了眼，看到的就是這樣的景象。

◇　◇　◇

掌燈的時候，眾人都換了一身體面的衣服進宮。

唐星治、唐月嫣他們幾個都率先進宮了。白曉風最近一直在幫皇后翻譯梵文，所以人也在宮中。岑勉找他爹去了。曉風書院就剩下索羅定和白曉月，帶著邊走邊寫的程子謙一起溜達進宮。

索羅定打著哈欠抓了抓頭，被白曉月一戒尺拍住肩膀。

索羅定驚駭的揉著肩膀看她，「妳進宮帶著戒尺幹嘛？小心別人當妳要刺王殺駕抓起來！」

白曉月斜了他一眼，「今天皇宮晚宴是最講究禮儀的，你可不准失禮，不然我這個夫子也跟著你失禮。」

索羅定嘴角抽了抽，「那我先去吃碗麵，待會兒大不了不吃了……」

白曉月拉住他，讓他老實點走路。

程子謙跟在兩人身後，說道，「今天應該沒人管老索的，對了，據說還請了賴大廚進宮掌勺，有好吃的是肯定的。」

「是嗎？」索羅定立刻精神了起來。

「不過吃歸吃，別忘了看好戲！」程子謙壞壞一笑，「今晚絕對精彩！」

白曉月好奇，「精彩什麼啊？」

「嘖。」程子謙翻了翻稿子，「第一手的猛料！」

白曉月立刻湊過去聽。

「皇上之前不是說，想將唐月嫣許配給岑勉嗎？」程子謙問。

「有這個傳聞哦，我也聽過。」白曉月點點頭。

「不過據我親耳所聞親眼所見，原來岑勉這麼多年一直暗戀三公主唐月茹。」程子謙一挑眉，「今天下午他和六皇子差不多都說明了，錯不了。」

白曉月驚訝，「原來他喜歡月茹姐姐啊……可是他們歲數不一樣喔，月茹姐姐比他大！」

「那又怎麼樣？」程子謙一笑，「岑勉喜歡唐月茹喜歡得那是死心塌地！而且據我觀察，這岑勉別看挺老實，應該是個死心眼！讓他放棄三公主選七公主，有難度。」

白曉月想了半天，然後問，「咦？那他不是很討厭我哥？」

「目測是這樣。」程子謙點頭。

「你管別人暗戀誰。」索羅定覺得沒意思，「那幫才子佳人每天的正經事除了唸書寫字，不就是那麼點你喜歡我我喜歡你的破事兒嘛，有什麼戲可看？再說唐月茹和白曉風本來也沒什麼，我看岑勉挺踏實、條件也不錯，比白曉風可靠……嘶！」

索羅定話剛說完就被白曉月扭了一把，有些委屈的看白曉月，「妳最近手勁似乎大了點。」

「練出來的。」白曉月哼了一聲。膽子真大，敢說大哥壞話？

「你們倆聽八卦專心點。」程子謙招招手，示意他們靠近，「今晚重頭戲是看三公主隨機應變，還有麗貴妃和皇后角力，說不定王貴妃和皇上也會摻一腳，嘖。」

索羅定和白曉月沒聽懂，納悶的看著程子謙。

「你們倆木魚腦袋！」程子謙望天，「唐星治既然知道了，必定會告訴唐月嫣，七公主還不趕緊告訴麗貴妃求救啊？！」

索羅定聽後皺了皺眉頭，「你的意思是……麗貴妃會趁機把唐月茹許配給岑勉？」

「對哦，月茹姐姐肯定不肯的。」白曉月皺眉，「但大哥應該不會阻止吧。哎呀他們兩個磨蹭死了！」

「事情遠沒那麼簡單！」程子謙擺了擺手，「其實不是我說，白曉風的確什麼都挺好，但是他無心做官，做一輩子才子也不會去做宰相。就算做宰相又如何？岑萬峰可是藩王！有地有人有兵馬，就岑勉一個兒子！」

「那又怎樣啊？月茹姐姐喜歡的是我哥這個人。」白曉月不贊成。怎麼說岑勉老實巴交、相貌平平，跟普通人比較是不錯的，但是條件跟她哥哥比差太遠。

「麗貴妃寵愛月嫣，不想她淪為今後唐星治爭權奪利的籌碼，所以主張她和白曉風湊一對……若說女兒家幸福，當然跟白曉風好了，每天單看臉就飽了，再躺一張床上睡，嘖嘖，什麼公主都不做了。」

白曉月皺眉瞪他，「少說得那麼噁心。」

程子謙笑咪咪，「噁心啥啊？妳不想每天一睜開眼看到的就是……那誰嗎？」

白曉月耳朵一紅，留神看了身邊索羅定一眼。

索羅定好奇問程子謙，「誰啊？」

「去！」白曉月趕他，趕忙催促程子謙，「接著說。」

「可皇后娘娘不這麼想啊！」程子謙抱著胳膊一笑，「我敢說這次皇上有讓月嫣和岑勉結親的想法，有一半是皇后娘娘慫恿的。這門親事，對唐星治日後登基簡直有百利無一害。到時候他一當皇帝，西南藩王是他妹夫，等於有了可靠的後盾。」

白曉月皺眉，不解，「怎麼這樣，月嫣不喜歡岑勉喜歡我哥嘛。」

「乾脆啊，讓妳哥兩個都娶了，省很多麻煩。」索羅定笑呵呵，「白曉風乾脆娶三百六十五個，一年一輪，那些姑娘們也不用整天在門口喪叫了。」

白曉月斜著眼睛抓著戒尺瞄他，索羅定乖乖閉嘴。

「麗貴妃再凶也不敢跟皇后娘娘強的。」白曉月有些替唐月嫣擔心，「月嫣要是被逼婚，以她性格一定鬧起來，岑勉再來個抗婚……的確熱鬧了。」

「岑勉是皇后娘娘最中意的駙馬候選人第二號。」程子謙點點頭，「今天這場晚宴絕對不容錯過！」

「你說岑勉條件好過我哥，可是他又只是駙馬候選人第二號……」白曉月不明白了，「那第一號是誰啊？」

程子謙笑了，伸手一指一旁甩著大袖走路帶風的索羅定，「他囉。」

白曉月抽了口冷氣，「啊？！」

索羅定轉頭看程子謙指著自己鼻子的手指，皺眉，回頭看自己身後有沒有人。

白曉月有些緊張，問程子謙，「真的啊？」

程子謙點頭，「那是，皇朝第一猛將、手握重兵的大將軍，如果能讓索羅定娶了唐月嫣，等於唐星治皇帝當定了，都不用爭。」

白曉月睜大了眼睛，跟透不過氣來了似的。

「不過嘛……」程子謙淡淡一笑，「老索那德行實在太對不起天下蒼生了，而且皇朝公主少，就算多，也沒一個願意嫁給他的。」

索羅定望天翻了個白眼，眼見前面皇宮大門就到了。

果然，今天皇上請了群臣，光門口的馬車就排出去老遠。

「呦，索將軍。」

索羅定一進宮門，就有大臣拱手跟他打招呼，十分客氣。

索羅定皮笑肉不笑還禮，什麼叫太師哪個叫丞相，反正對著索羅定都客客氣氣，笑容滿面。

白曉月突然意識到，可能索羅定平日太隨便了些，從不見他坐馬車也不見他擺闊綽，再加上街頭巷尾

流傳的那些八卦，她一直都當索羅定是個普通人，沒什麼姑娘會跟她爭……

可是現在看來，索羅定不只位高權重，還十分關鍵。這麼說來，這些大官們家裡得有多少閨女？若是說索羅定肯娶，他們鐵定排著隊送閨女來！

白曉月越想越覺得心裡頭七上八下的，一個沒留神，腳下一拐，「哎呀！」

這皇城的金磚路不知道被誰摳了塊磚走，地上一個坑。索羅定和程子謙低頭一看，白曉月一腳踩坑裡了，再加上她心不在焉，這一下扭得可厲害。白曉月都聽到「喀」一聲，腳踝疼得鑽心，心裡就想——完了完了，別是斷了，要變瘸子了！

「哎呀。」程子謙蹲下看白曉月的腳，「別動啊，痛嗎？」

「嗯。」白曉月點頭。

索羅定皺眉伸手抱著白曉月來了個打橫，喊了一嗓子，「御醫呢？」

「將軍，往這邊！」有個機靈的太監趕緊帶路。

索羅定抱著白曉月就跑過去了，「趕緊，別瘸了以後嫁不出去了。」

白曉月又氣又急，腳還疼，眼角都擠出眼淚花來了。

索羅定一躍上了牆頭，問那太監，「西邊東邊？」

「西邊那面白色牆後面就是御醫院，裡頭有兩位御醫……」

小太監話沒說完，索羅定縱身一躍，踩著房頂就過去了。白曉月感覺耳邊呼呼風響，趕緊抓住索羅定肩膀，想了想，摟脖子好了，於是摟住。

索羅定還逗她，「抓緊啊，不然摔下去臉著地就完了。」

白曉月氣得嘴都癟了。

屋頂下，一群大臣摸著鬍鬚，嘖嘖搖頭，「這位白小姐，十分有面子了！」

程子謙邊走邊記錄，順便感慨下，這會兒白曉月估計還擔心瘸了配不上索羅定呢，索羅定大概想都沒想過，或者想了也不相信這大才女兼大美人會看上自己。

所以說，人啊，就是這麼回事！談個情說個愛嘛，總糾結著配或者不配，浪費大把的時間。配又怎樣，不配又怎樣呢？配成對了的，自然是配的，成不成，配配再說唄。

◇◇◇

御醫院裡，兩位御醫正下棋呢，想著今晚皇宮夜宴，一會兒估計得煮好些解酒的湯藥，正琢磨著下一步怎麼走，大門「砰」一聲被踹開了。

兩人驚得一蹦，白鬍子都翹起來了，驚駭的望向門口。

大門口黑燈瞎火，一個高大人影看得兩個老頭倒抽一口冷氣，定睛一看，就見索羅定抱著個姑娘大模大樣走了進來，「腳扭了。」

兩位御醫一看到索羅定就頭大，趕緊起身，臉上還要陪笑。

「脫臼了。」御醫檢查了一下白曉月的腳踝，笑咪咪來了一句，「傷得不重。」

「腳先放好，給妳復位。」另一個御醫拿著個小板凳過來，示意白曉月將腿擱在凳子上。

白曉月瞧了瞧硬邦邦的小板凳，覺得腳又痛了幾分。

一個御醫蹲在小板凳前，示意索羅定抬著白曉月的腿放到凳子上，嘴裡還說，「會有點疼啊，忍一忍。」

索羅定看了看板凳，對那御醫擺擺手，示意他把凳子拿開。

御醫不太明白，不過皇宮裡除了皇帝誰都怕索羅定，特別是這兩位。

索羅定沒事就會派個武功高強的手下來提溜他們走。帶走幹嘛呢？不是給人看病，而是給他軍營的母馬接生！兩位御醫叫苦不迭，他們是御醫啊，竟然給馬接生。索羅定還威脅呢，要母子平安！萬一小馬母馬有什麼危險，就燉了他們倆。

御醫趕緊搬開凳子，索羅定蹲下，單膝跪地，將白曉月的腿放到自己曲向前方的腿上，小心翼翼，不忘半威脅半提醒的斜了御醫一眼，「輕點啊。」

御醫嚥了口唾沫，點頭如搗蒜——哪兒敢重啊，小馬駒沒接生好都要活燉，這要是弄疼了白曉月，索羅定說不定直接在院子裡挖個坑把他們埋了。

而原本滿腦袋只有「疼疼疼」的白曉月，現在滿腦袋就只剩下「啊啊啊」了。

白曉月滿眼都是索羅定點著地面的膝蓋……單膝跪地！跪地喔！

曲成和板凳差不多高度的腿——腿好長！好長喔！

輕輕扶著自己腿的手——手法好輕好溫柔！溫柔喔！

還有警告御醫的眼神——為她威脅別人！氣派喔！

白曉月哪兒還記得疼啊，上一刻還在後悔跑來參加什麼晚宴，費心費力還扭了腳，這一刻覺得死而無憾了。這趟晚宴來得太划算，啊啊啊啊！

白曉月內心正奔騰咆哮，突然就見索羅定伸出手在她眼前晃了晃，隨著兩根長長的手指頭「啪」一聲打了個響指。

白曉月的全部心神被他兩根手指引開了，同時，那御醫手快「喀嗟」一聲。

「哎呀！」白曉月一齜牙。

索羅定瞇起眼睛，兩位御醫驚得一哆嗦，白曉月趕緊擺手，說道，「不疼……是不是好啦？」

「好了好了！」兩位御醫長出一口氣，白曉月這一聲「不疼」救了命了，萬一她說疼，他們倆指不定什麼下場呢！

關節復位之後，還真的不是那麼疼了，白曉月的心思又開始遊走，瞄著索羅定的靴子，腿很長，不過靴子不夠漂亮！要不然給他買雙靴子吧，不知道他腳多大，一會兒找子謙夫子問問。

御醫拿來兩塊夾板替白曉月固定，不忘囑咐，「要這麼固定一個月，盡量不要走動。」

「哦……」白曉月傻呵呵點頭，隨後歪頭一想——一個月不要走動，那這一個月要怎麼辦？拄枴嗎？還是……

等御醫裝好了夾板，看著包成豬蹄樣的腳，連繡花鞋都穿不進去了，白曉月嘴都癟了，難看！

「揹妳過去吧。」索羅定走到她前面，彎下腰，「我一會兒上廚房讓老賴替妳煲鍋豬蹄。」

白曉月眼睛眯成兩彎月牙，大大兩個梨渦又出現在了腮幫子上，伸手輕輕一搭索羅定的肩膀，索羅定輕輕鬆鬆將她揹起來，往外溜達走了。

兩位御醫並排在門口歡送索羅定這位瘟神，關上門後對視了一眼。

「他們倆啥關係？」

「還用問啊，你見索羅定揹過別的姑娘沒？」

「這倒沒有，都沒見他跟姑娘一起走過路。」

「不過白曉月好像一點都不討厭索羅定。」

「什麼不討厭啊，那姑娘明顯一臉的歡喜。」

「喔唷！難道說老索走桃花運了？」

門口，蹲在假山上奮筆疾書的程子謙感慨，「忙不過來了啊，今晚看點太多！」

◇　◇　◇

眾臣早就到了御花園入席，皇帝請客誰敢遲到？唯獨缺索羅定和白曉月。

皇上一問，聽說白曉月腳扭了。

「哎呀，嚴不嚴重？」皇上正想派人去看看情況，就見索羅定揹著白曉月晃悠進來了。

群臣一看這架式，面面相覷──哇，這對怎麼個意思？

白曉風端著杯子，看著自家妹子腳上兩塊夾板一大圈繃帶，再看揹著她的索羅定，眉頭就皺起來了。

岑勉就坐在白曉風身邊，和白曉風不同，他看著索羅定和白曉月卻是眼裡含笑──這兩人真是相配。當然了，這只是岑勉自己的想法而已，可能說出來，這裡一大半的人都會覺得他眼睛有問題。

索羅定給皇帝見了個禮，見位子都坐滿了，就和白曉月坐在了靠近門口的空位上。程子謙捧著紙筆坐到了索羅定身邊，滿臉的興奮。

白曉風跑過來看白曉月的傷勢，一見包得鼓鼓的腳就看了索羅定一眼，白曉月趕忙說是自己扭的，白曉風臉色才稍微緩和了些。

一旁索羅定可不管白曉風臉臭不臭、長不長呢，托著下巴對他擺擺手，那意思──喲，吃飯啊？

白曉風也拿他沒轍，回去自己位子上坐下。

今日主要為岑萬峰和岑勉接風，所以岑萬峰被安排坐在皇帝身邊，給足面子，而岑勉則是坐在了白曉風身邊。

岑勉有些尷尬，不知道和白曉風這樣的風流人物一起坐，會不會顯得很失禮。其實他倒也不必太過妄自菲薄。岑勉年輕、個頭也挺高，溫文儒雅，對面一眾官員都點頭——嗯，坐在白曉風身邊也不算失禮。

見人都齊了，一旁大太監吩咐人上菜開席。

由於皇上整天都很閒，而且也挺有錢，所以大宴群臣是經常進行的活動，眾人也不見外，給皇上和岑萬峰敬酒之後，就開始吃開聊開。

皇后娘娘是絕少參加飲宴的，今天特地來了，群臣也都是熱愛八卦的，早聽說了唐月嫣可能會許給岑勉這件事，等著看熱鬧。

索羅定抽空，跑去御膳房跟老賴說要吃燉豬蹄，賴大廚說煲豬蹄得幾個時辰呢，讓索羅定先吃著，等一會兒吃完了散席估計差不多了，拿回去當宵夜。

索羅定跑回來坐下，跟白曉月說，「留肚子，晚上還有宵夜吃。」

白曉月喜孜孜點頭，捧了個胖乎乎的海螺放到索羅定眼前。

索羅定撇嘴，道，「什麼玩意兒？」

「紅燒海螺，皇城最近最旺的一道菜，要排隊才吃得上呢。」白曉月拿著個小勺子替他挖塞在螺裡的餡兒。

索羅定拿著筷子夾了塊紅燒肉，說，「哎呀，這些精細玩意兒妳自己吃吧，我就愛吃大魚大肉和粗糧……」

話還沒說完，程子謙抓著他胳膊一晃……啪嗒，紅燒肉落地，燉得爛啊，都摔成油水了。

索羅定真想踹程子謙一腳，卻聽那八公激動的小聲說，「好戲快開始了！」

索羅定抬頭，白曉月挑出一勺子海螺肉塞進他嘴裡。

「嗯？還不錯。」索羅定嚼了兩口，覺得不賴，白曉月笑咪咪繼續替他挖了送到嘴裡。

幸好此時官員們的注意力都在皇家那幾口子身上，沒看到這一場餵食好戲。

◇　◇　◇

晚宴的坐席是事先定好的，皇上坐正中間上手位，皇后娘娘相陪。

唐星治老老實實坐在皇后前面，大氣都不敢出。

麗貴妃和王貴妃各占左右兩邊的席位，旁邊挨著坐的是唐月茹和唐月嫣兩位公主。

其他幾位皇子都不在，大皇子和二皇子在外辦事，四皇子體弱多病，最近變天所以咳得都沒法見人了，在宮裡養著。五皇子惹是生非慣了，前兩天剛剛闖了個禍，被皇上罰關禁閉，因此今天也沒來。

其實幾個皇子裡面，唐星治無論外表才智的確都是最出色的，根基又厚，也難怪他是太子第一人選，就是年紀還小，稍稍有些貪玩。

皇后見唐星治端著酒杯、時不時的偷瞄遠處和索羅定有說有笑的白曉月，忍不住嘆氣。

皇上給皇后娘娘往碗裡夾了一筷子的菜，笑道，「梓童啊，笑一個。」

皇后有些無奈的看了看皇帝，收回視線，優雅的吃菜。

唐星治鬆口氣，他皇娘可算把目光從他後腦勺移開了，看得他背脊直冒涼氣。

皇上喝了幾杯酒，就對唐月嫣和唐星治說，「你們兩個小孩兒坐我們堆裡幹嘛？去招呼岑勉啊，別那麼拘謹。」

唐星治求之不得了，趕緊回頭看了他娘一眼，皇后娘娘沒出聲，不過也沒瞪他，於是他端著酒杯找胡開他們去了。

唐月嫣噘個嘴，湊到麗貴妃身邊挽著她娘，撒嬌道，「我不去，我要陪皇娘。」

麗貴妃瞪了她一眼，「誰要妳陪？」

唐月嫣不甘願，那邊就岑勉手邊還有個位子，她看了一眼岑勉，又看了看一旁的白曉風，岑勉跟路邊人堆裡的路人沒兩樣，白曉風甩他九條街呢。而且岑勉從剛才到現在都呆呆的，她死活也不要嫁給這個人！

岑萬峰以為是唐月嫣害羞，覺得女孩兒家矜持點好，就對岑勉招手，「唉，勉兒，你見過你皇姐皇妹了沒啊？這麼沒規矩？還不過來給皇上皇后和兩位貴妃敬酒！」

岑勉愣了愣，端著酒杯走了過來，先給長輩敬酒，然後跟唐月嫣敬酒。

唐月嫣心不甘情不願的跟他喝了半杯，又湊到麗貴妃身邊去了。不過岑勉可沒停下腳步，也沒跟她說話，而是端著酒杯，走到了正不知在想什麼的三公主唐月茹跟前。

「三皇姐。」

唐月茹抬頭，端詳了一下岑勉，笑說，「十年不見，果真是高過我了啊。」

岑勉有些不好意思，也不知道是不是喝了幾杯，兩頰都微紅，給唐月茹敬酒，「皇姐還記得我啊。」

「記得。」唐月茹跟他喝了一杯。

「勉兒今天去過書院了吧？」皇上笑問，「住得慣嗎？」

「住得慣的！」岑勉趕緊點頭。

「你可別給白夫子他們添麻煩。」岑萬峰叮囑。

唐月茹似乎對岑勉印象很好，幫著說話，「勉兒從小性格就很好，跟誰都能處得來的，腦筋也好，入曉風書院就對了。」

岑勉的眼神在聽到唐月茹一聲「勉兒」之後，散了幾分，有些痴傻的樣子……往事歷歷在目。

還記得小時候，他特別怕生，他父王又公務繁忙，帶他進宮放下就不管了。岑勉誰都不認識，又內向不敢跟皇子們說話。

就在他一個人躲在花園裡看書的時候，有人走過來問他，「你就是勉兒吧？」

岑勉抬起頭……

那一天，他坐在湖邊，晶瑩的水光，卻不如眼前人一雙水漾的雙眸剔透。

那一眼，他到現在都記得，像是從畫中走出來的仙女，笑得好看卻淡然，高貴又典雅，聲音不輕不重，不軟不硬，低低緩緩的問，「你喜歡看書？」

岑勉傻了，呆呆的點頭。

「別坐在這裡看，一會兒起風了很冷。」那姐姐伸出手，拉起他的手，「去我院子看吧，我那兒書多，還有點心。」

岑勉就這麼傻呵呵的被她牽走了，不只人被牽走了，心也被牽走了。後來才知道，這個美人兒姐姐叫唐月茹，是三公主。

再相見，一晃十年。

岑勉曾經無數次幻想和唐月茹再相會是個什麼光景、再見她會是什麼感覺，如今夢中人就在眼前，他才知道……原來這個世上，有些感覺永遠不會變！無論是多少個十年，他看到唐月茹的眼睛還是會想到波光瀲灩的湖面，聽到她的聲音還是只懂得點頭。站在她眼前，他永遠都是個痴心的傻子。

「哎呀。」程子謙嘖嘖搖頭，嘆道，「這小王爺是個情種啊！」

白曉月托著一碗芙蓉蛋羹點頭——整個人都傻了啊，現在月茹姐姐叫他跳河，他肯定直接跳下去。

索羅定嚼著春捲托著下巴——岑勉比白曉風可靠得多，那三公主不如嫁了吧。

「哈哈……」

唐月茹誇岑勉的話，聽得岑萬峰是萬分開心，他爽朗的笑聲倒是笑醒了岑勉。岑勉趕緊收起那顆怦怦亂跳的心，以免一會兒失態，自己難堪事小，別給三皇姐添麻煩。

皇后娘娘意義不明的笑了笑，問一旁的唐月嫣，「月嫣啊，記得妳岑勉表哥嗎？」

唐月嫣還是有些怕皇后的，點點頭，「記得……」說著又瞧了岑勉一眼，總覺得他還是跟以前一樣，一副畏畏縮縮的樣子，小聲嘟囔了一句，「膽子可小了。」

不過唐月嫣也不是個傻的，聲音小到幾乎聽不到，眾人都有些不解的看她。

「什麼？」皇后娘娘問。

唐月嫣看到麗貴妃狠狠的瞪了一眼過來，便笑笑說，「哦，小時候跟表哥玩得少，他總跟著皇姐，都不理別人的。」

岑萬峰哈哈大笑，「勉兒還不過來賠罪？你皇妹嫌你不理人呢。」

皇上也跟著笑，「月嫣啊，妳不嚷嚷著想去花會嗎？讓勉兒陪妳去。」

眾臣看得熱鬧，皇上這擺明了是給唐月嫣和岑勉製造機會呢。

唐月嫣嘴都噘起來了。誰要跟這傻子去花會啊？她看了不遠處的白曉風一眼。

白曉風此時似乎完全沒在意她這邊的情況，而是端著酒杯邊喝邊看遠處白曉月那一桌。見白曉月幫索羅定挖海螺肉，白曉風瞧了瞧自己眼前的海螺，嘆氣——這丫頭胳膊往外拐得厲害啊，他這個親大哥都沒這待遇。

唐月嫣也不免心寒……白曉風根本不在乎她。

「月嫣，妳父皇跟妳說話呢！」麗貴妃拍了唐月嫣的額頭一下，斥道，「發什麼呆！」

唐月嫣回過神，賭氣，頂嘴，「我才不去。」

「幹嘛不去？」皇上湊過來，問道，「妳前幾天不是說想去嗎？」

唐月嫣瞧了岑勉一眼，眼裡還是嫌棄。

皇上心中也有數，唐月嫣喜歡的是白曉風，應該是看不上岑勉。

岑萬峰不知道其中細節，以為唐月嫣害羞，就對岑勉使眼色，那意思——你主動點啊！

岑勉都沒搞明白什麼是花會，而且他也不想和唐月嫣被撮合成一對，倒不是覺得這姑娘不好，而是他一顆心都在唐月茹身上，看不見別人了，這時候真給他個天仙他也看不上。

「皇上。」皇后微笑著說，「您讓月嫣和勉兒一起去逛花會，月嫣還小呢，要人陪的嘛。」

唐月嫣愣了愣，瞧著皇后，又看看自家娘親。

麗貴妃淡定的喝茶，不動聲色。

「哦……」岑萬峰趕緊接話，「是的是的，那找誰陪著……」

「白夫子啊！」皇后娘娘問白曉風，「不如你帶著他們去吧。」

白曉風回過神，抬頭，有些不解，「去哪兒？」

眾人都忍笑，白夫子走神呢？

唐星治提醒，「讓你帶著岑勉、月嫣逛花會呢。」

「哦……」白曉風點了點頭，「好。」

皇后娘娘含笑問唐月茹，「月茹啊，妳也別總在宮裡悶著，跟著一起出去透透氣。」

唐月茹看了看白曉風，點點頭，答，「好。」

「勉兒，你去嗎？」皇后笑問岑勉。

岑勉點頭，「嗯……我也想見識一下皇城的花會。」

其實皇后娘娘不問岑勉也要去，跟唐月茹一起逛花會啊，少活兩年都成！

麗貴妃看了唐月嫣一眼，問，「那妳還去不去啊？」

唐月嫣雖然不甘願，不過還是點了點頭。如果她不去，等於讓白曉風和唐月茹單獨逛花會，那個呆子頂什麼用啊。

「那就這麼定了。」皇上滿意點頭。

唐月嫣有些不解的看了看麗貴妃。麗貴妃托著她的下巴，用精緻的銀筷往她嘴裡送了一筷子蟹黃，笑得甜美。

唐月嫣嚼著吃食，心裡明白了，可能她皇娘都已經安排好了吧。

「奇怪啊。」程子謙一手抓著個雞翅膀，一手抓著毛筆奮筆疾書，嘴裡面嘖嘖稱奇。

索羅定問他，「哪兒奇怪？」

「皇后娘娘奇怪啊。」程子謙道，「讓三公主和白曉風陪著，這不添亂嗎？唐月嫣別說一個，三個疊起來也鬥不過唐月茹的，岑勉看見三公主都邁不動步子，這麼一趟花會遊，該亂成什麼樣子？」

再看唐星治等人，一臉的興致勃勃，估計是準備跟去看熱鬧了，還有不少臣子也都很有興趣，似乎準備去花會看戲。

「花會遊那天一定會出亂子。」程子謙眯起眼睛，思索著，「嘖，別出什麼大事才好呢。」

「能出什麼大事？」索羅定慢條斯理啃鴨脖子，「難道派人宰了白曉風？」

「不是吧？」白曉月緊張，一拉索羅定，說，「那我們也去！」

索羅定無奈望她，「妳都剩三條腿兒了還去花會？」

白曉月斜眼瞪他，「回去抄一百遍《詩經》……」

「我背妳去！」索羅定驚得趕忙補救，「屁大點事情就抄《詩經》，太傷感情了！」

白曉月扭頭，忍住往上翹起來的嘴角，嘟囔了一句，「誰跟你講感情。」

索羅定湊過去，「還有大螺螄嗎？」

「是海螺。」白曉月將自己那個捧過去，繼續挖海螺肉給他吃。

程子謙咬著筆桿子在一旁看，心中納悶——老索什麼時候學會哄女孩子了？

第七章
一個喜歡你的一個你喜歡的

程子謙卯足了勁，想看皇后和麗貴妃過招，可沒想到兩姐妹和平相處。

索羅定看著身邊糾結得連筆桿子都咬爛了的程子謙，哭笑不得，「你改做竹熊了？這毛竹筆桿子好吃嗎？」

程子謙白了他一眼，滿是怨念。索羅定叼著根春捲，不解的看他。

「沒理由的！」程子謙繼續嚼著嘴裡的筆桿子，「麗貴妃就這麼認了不成？不可能啊。」

索羅定決定還是不要理會他，自顧自的吃東西。正吃著呢，就見有個侍衛匆匆的跑了進來，到皇上身後耳語幾句。索羅定看了一眼——是皇帝貼身的一個隨從，十分能幹。

只見皇上聽完後，臉上的笑容不見了，擺擺手，似乎是示意他退下，隨後緩了緩，繼續跟岑萬峰喝酒聊天。

文武百官的主要工作之一就是察言觀色，察的當然是皇帝的言，觀的自然是皇帝的色，皇上此時的表情說明——有事發生。

程子謙自然是最敏銳的一個，問索羅定，「那侍衛叫曾信是不是啊？半個月前就派出去了，不知調查的是什麼。」

「你管那麼多呢，小心短命。」索羅定不忘提醒他。

「這個人前兩天去過書院。」白曉月突然開口。

索羅定和程子謙都微微一愣，一起望向白曉月，「妳確定？」

「是啊。」白曉月湊過來說，「我看到他在書院附近轉悠來著，後來就走了。」

「去書院？」程子謙瞇起眼睛，思索著，「他是盯著什麼人，還是有什麼目的？」

白曉月想了想，而後說，「我起先以為他和那些暗戀月茹姐姐的人一樣，就是在門口徘徊希望見她一面，不過他感覺的確是在盯著月茹姐姐，但是和那些人又好似不太一樣。」

「哪裡不一樣？」程子謙剛才沒看到好戲，被打擊得不輕，這次又發現了新線索，立馬活過來了。

「就是不像別人花痴似的，他好像有點鬼祟。」

「鬼祟？」索羅定皺眉，不解，「這是個大內高手，不太可能對三公主有什麼不軌企圖吧……難道是皇上安排的？」

「盯梢三公主？」程子謙驚訝，問，「為啥？」

「嗯……」索羅定想了想，說，「也許是為了保護她的安全。」

「有人要對她不利啊？」程子謙的八卦之血開始沸騰，壓低聲音，「該不會……是皇后和麗貴妃乾脆一不做二不休，來個永絕後患什麼的？」

索羅定白了他一眼，斥道，「有病啊你，怎麼可能。」

「那為了什麼？」程子謙覺得有必要調查一下，收了稿子和筆，溜出去了。

白曉月看了看跑出去的程子謙，問索羅定，「大哥會不會有危險？」

索羅定想了想，叫來了一個黑衣人，跟他耳語了幾句，那人點頭就離開了。

一頓原本以為會險象環生的晚宴，吃得卻是波瀾不驚。

不過，不怎麼關心這些個八卦的索羅定總覺得氣氛怪怪的，有那麼點兒山雨欲來風滿樓的感覺……不會真的出什麼事吧？

◇◇◇

晚宴之後眾人回書院，唐月茹和唐月嫣共乘一輛馬車，白曉月腿腳不方便，在另一輛馬車裡，夏敏和元寶寶陪著她一起。

白曉風騎著馬走在前面，唐星治和胡開他們騎著馬走在後面。索羅定落在最後面，甩著袖子溜溜達達走著，手裡提著個黑忽忽的大包袱。

「喂。」胡開小聲問唐星治，對身後努嘴，「你猜他拿的什麼？」

唐星治搖了搖頭，「應該沒那麼大的人頭吧。」

索羅定打了個哈欠。這時候，剛才他打發走的黑衣人來到了他身後，低聲跟他說話。索羅定摸著下巴皺眉聽著，臉上神情大致是……困惑。

元寶寶趴在馬車的車窗邊往外面望。

夏敏坐在白曉月身邊看她受傷的腳，邊問她，「曉月啊，索羅定對妳好像比其他人好喔。」

「嘿嘿。」元寶寶也聽到了，立刻縮回來，湊到白曉月另一邊，說，「是哦，他都不跟別人說話的，就跟妳好。」

白曉月覺得自己那顆小小的虛榮心此時有些膨脹，不過畢竟女孩兒要矜持點，而且八字還沒一撇呢，萬一傳出去事情鬧大就糟了。於是她就說，「哪有，我是他夫子嘛。」

「這倒是。」夏敏點了點頭，「其實索羅定這人吧，處久了一點都不可怕。」

「對哦。」元寶寶也點頭，又探頭往外面看，「有他在書院總覺得好安全，連小鬼都不敢來的感覺。」

「噗。」夏敏和白曉月都忍不住笑起來。

「對了！」元寶寶又縮回來，小聲問，「妳們聽說了嗎？皇上有意要撮合岑勉和七公主。」

夏敏點了點頭，問白曉月，「我也聽說了，是不是真的啊？」

白曉月皺個眉頭，小聲回答，「嗯……看這架式似乎是。」

「可是妳們覺不覺得……」元寶寶小聲問，「岑勉好像喜歡月茹姐姐啊！」

白曉月微微一愣。別看這元寶寶平日呆呆的，還挺敏銳。

「有嗎？」夏敏皺眉，問，「可是月茹姐比他大好多歲呢。」

「大點兒怎麼？」元寶寶臉蛋紅撲撲的，「妳看岑勉騎著馬，就不緊不慢走在月茹姐姐馬車旁邊！」

「不過啊，岑勉和曉風夫子比起來，真的差了好多呢。」元寶寶嘆了口氣，「月嫣妹妹和月茹姐姐一定不會變心。」

夏敏往外望了一眼，也嘆了口氣，「如果真的是這樣，那岑勉應該喜歡月茹姐好多年了吧？也難得他痴心一片。」

「那要妳選，妳選哪個？」元寶寶問夏敏。

「嗯……」夏敏倒是很認真的想了起來，「怎麼說呢，曉風夫子就像天上的雲彩，看得見，搆不著。岑勉嘛，更實在一些，起碼妳不用擔心他會被人搶走。能被人這麼死心塌地的喜歡著，也是件求不來的福氣。」

白曉月托著下巴不言語——一個自己喜歡，一個喜歡自己，選哪一個呢？現在年輕氣盛，應該都會選自己喜歡的那一個吧，那麼一旦這麼選了，以後會不會後悔呢？

前面的馬車裡，唐月茹大概是剛才喝了兩杯酒，乏了，正靠著墊子小憩。

夜涼如水，一陣小風吹進來，唐月嫣鋪開毯子，替唐月茹蓋上些，自己也披著半條，繼續看書。

這時就見岑勉突然騎著馬，往前走了幾步，靠近馬車的窗口。

唐月嫣起先還不明白他幹嘛，剛才在旁邊走，估計偷偷看唐月茹呢，這會兒不是應該看不見了嗎？可沒一會兒，她就發現從窗戶外漏進來的涼風沒了……被岑勉擋住了。

唐月茹輕輕的動了動，靠著墊子睡得更舒服一些。

唐月嫣幫她再蓋蓋毯子，偷眼看……就見岑勉正悄悄回過頭看呢，見唐月茹睡得安穩，他嘴角也露出了笑容來。

唐月嫣坐回去，半嘛個嘴。那傻子雖然不出眾，倒是痴情啊。

◇◇◇

眾人回到了書院，唐月茹也醒了，大概睡得不得勁，把脖子扭了，坐起來直揉肩膀。

「落枕了吧。」唐月嫣伸手替她掐肩膀。

「唉，最近總是脖子疼。」唐月茹伸手揉了揉後頸。

「皇娘前幾天也脖子疼。」唐月嫣湊夠去戳戳她肩胛，問，「這兒痛嗎？」

「有點。」唐月茹點頭。

「明天讓人拿些藥酒來，胡御醫之前替皇娘弄了幾瓶，有用呢。」唐月嫣邊說，邊下馬車。

唐月茹正要下來，就看到有隻手伸過來到她眼前。她抬頭一看，見是岑勉。

「慢些走，下面有個水坑。」

唐月茹低頭看了看，頭先下車的唐月嫣正在甩靴子呢，白色的鹿皮小靴上踩了一腳泥水。

見此情景，唐月嫣忍不住對岑勉發脾氣，「你不早說！」

岑勉有些尷尬，「我看妳踩了……才發現的。」

唐月嫣無語，這呆子，扭頭氣哼哼就進屋了。

唐月茹被岑勉小心翼翼扶下馬車，跟他道謝，語氣溫和，就像對待一個弟弟。

後面，元寶寶挽著夏敏，「真的哦！」

夏敏也點了點頭，看樣子岑勉的確對唐月茹有意。

白曉風走回來，上了白曉月的馬車掀開簾子，就見白曉月正趴在窗邊張望呢。

白曉風無奈，開口，「索羅定還在後面呢，妳是要哥揹妳呢，還是等他來？」

白曉月抿嘴想了想，伸出原本縮在袖子裡的手，對白曉風擺了擺，那意思——不要你！

白曉風被氣笑了，過去把她扶起來，「妳還挺自在啊，之前差點被燒死又被綁了，這次腿還斷了，要是讓爹知道，妳這輩子都別想出宰相府了！」

白曉月張大嘴——對哦！

趴在白曉風背上下了馬車，白曉月緊張，警告白曉風，「你不准告密！」

「還用我告密？過兩天爹要來書院！」白曉風回頭看她，「瘸了看妳怎麼嫁人。」

「嫁不出更好，叫弄瘸我那個的負責！」白曉月小聲嘟囔了一句。

「什麼？」白曉風沒聽清楚。

「沒。」白曉月見前面的唐月茹和岑勉一起走進了書院，拍拍白曉風的肩頭，說，「大哥，情敵出現了！」

白曉風愣了愣，有些不解，「什麼情敵？」

「岑勉喜歡月茹姐姐。」白曉月提醒，「月茹姐姐不小啦，你也不小啦，小心叫人搶走。」

白曉風淡淡一笑，「顧好妳自己吧。」

白曉月得意，「沒人跟我搶，怕什麼。」

白曉風回頭問，「跟妳搶什麼？」

「沒……」白曉月眨眨眼，望天上的星星。

這時，索羅定從後面走上來了。唐星治等人摸著鼻子四處嗅，「什麼這麼香啊？」

索羅定舉著手裡黑色的大包袱，解答，「一鍋豬蹄，老賴燉給曉月的，好大一鍋。」

眾人剛才明明吃得挺飽，不過一聽有燉豬蹄莫名又餓了，於是一群人到了白曉月的院子，一人一碗，吃起了宵夜。

岑勉捧著小碗坐在石桌邊，就見女孩兒們都坐在一棵杏花樹下面邊吃邊聊琴譜；唐星治等人在聽胡開講他爹和他叔叔前幾天打獵遇到的趣事；白曉風帶著幾個丫鬟小廝在白曉月的房間裡鋪地，似乎是要在地上鋪層軟棉被，以免她行動的時候碰到腳。

索羅定坐在屋頂上，正用豬蹄肉逗一隻胖乎乎的狸花貓。程子謙盤腿坐在假山上，膝蓋上一大疊卷子，邊吃邊寫東西。

岑勉從小一個人，他父王都是請夫子到家裡為他教學，他第一次感覺到……這書院裡一大幫人一起生活的日子，還挺有意思啊。

◇　◇　◇

次日清晨，岑勉起了個大早。他換好衣服，本想在院子裡走兩趟活動下筋骨，卻聽到隔壁的院子裡有呼呼風聲傳來。這種聲音岑勉熟悉，以前軍營裡有高手練功，就會有這種響動。

出了院子循聲找過去，到了索羅定的院子門口。

圓形石門前的臺階，坐著一貓一狗。狗是白曉月養的那隻叫俊俊的漂亮細犬，貓就是昨晚上索羅定餵的那隻狸花貓。據說這貓喜歡黏著索羅定，是他打盹時候的枕頭，所以全書院的人都叫牠枕頭。

俊俊和枕頭歪著頭，正看向院子裡呢。岑勉也走上兩步，歪著頭一看。

就見院裡正飛沙走石，索羅定一人一刀，氣勢逼人，都看不太清楚招式。

岑勉驚詫加佩服，這世上就是有索羅定這種天賦異稟的人啊，果然不負皇朝第一高手的美名。

索羅定練完一趟刀，落地後抬腳一踹刀柄，那刀跟長了眼睛似的飛回刀架子上。

「小王爺不練兩趟？」索羅定也沒回頭，到水井旁洗臉，邊問。

岑勉摸了摸頭，走進去，「索將軍好功夫啊，我就不獻醜了，沒什麼天分。」

「不都說你文武全才嗎？那麼謙虛幹嘛。」索羅定擦了把臉，精神爽利。

岑勉覺得索羅定說話爽快，不是個做作的人，打起交道來應該會很省力。

索羅定練完功後就往廚房跑，岑勉也好奇跟著去。到門口就聽到廚房裡傳來說話的聲音。

「小姐啊，妳受傷了就別起來了，讓管家知道要罵死我的！」

「妳不說誰知道啊。」

白曉月的聲音傳出來，索羅定皺眉。

就見白曉月一隻腳踩著地，受傷那隻腳跪在一個馬紮上，正在灶臺前面煮麵呢。

岑勉吃驚不小——白曉月不是宰相千金嗎？怎麼大早上還起來煮麵？

索羅定走進了廚房，白曉月正好撈麵出鍋。

「腳都這樣了就別爬起來煮麵了。」索羅定到她身邊看了看滿滿一碗牛肉麵，覺得不得勁。其實他剛才準備來廚房自己下碗麵吃的，反正廚房大娘做了很多凍牛肉，他只需要煮麵條即可，沒想到白曉月都這樣了還爬起來煮麵呢。

「總不能一直躺床上不動吧。」白曉月單腳蹦躂下了馬紮，索羅定趕緊扶她。

「我一會兒還去上課呢！」白曉月斜了他一眼，說，「還有啊，下午你的禮儀課也跑不了！」

索羅定望天，「妳小心真的瘸了嫁不出去。」

白曉月扶著桌子坐下，索羅定捧了麵過來吃，邊問白曉月，「妳吃什麼？」

「我想吃生煎包。」

索羅定無語，「吃完麵幫妳去買。」

「要熱的，還要有骨頭湯。」

「知啦。」索羅定邊答應邊呼嚕呼嚕吃麵。

岑勉在一旁的桌子坐下，拿著丫鬟遞上來的包子都不敢過去插話。

這一對真是……白曉月大家閨秀，索羅定是個粗魯武將，兩人坐在一起倒是分外的相稱啊。

「老索！」

這時，門外程子謙握著卷宗奔了進來，難得看他那麼趕。

「大八卦！」程子謙坐下，對著吃完了麵正喝麵湯的索羅定嚷了一嗓子，「尚書家公子叫人劫色了！」

「噗！」索羅定不負眾望，噴了程子謙一臉麵湯。

「哪個尚書公子啊？」白曉月驚訝。

「陳勤泰家那位陳醒啊！」程子謙邊抹臉邊說，「據說昨天晚宴後就被山大王劫走了，等今早找到，他被扒光了扔在山腳，一看就是被人家那什麼過的樣子，哎呀，造孽！」

白曉月捂著嘴巴，驚訝道，「真的啊……」

「今天最大八卦！我稿子都來不及趕了！」程子謙搶了岑勉盤子裡的包子，又奔出去了。

白曉月臉蛋紅撲撲問索羅定，「他……是被男的劫色了，還是被女的劫色了啊？」

索羅定臉上表情也很糾結，撇嘴，「這年頭，怎麼口味這麼重啊……」

◇◇◇

擦了把臉，索羅定跑出去幫白曉月買生煎包。這會兒，整個皇城早就轟動了，皇城百姓跟吃了仙丹似的，個個面色紅潤滿面油光滿眼精光，三三兩兩聚在一起，討論「劫色」的問題。

跟著索羅定一起出來走走的岑勉很快被人群吸引過去了，抱著胳膊在一旁聽著。

索羅定買完生煎包出早點鋪，就看到岑勉這位大少爺張大了嘴巴、驚訝的站在人群外面，裡面一個樵夫模樣的人繪聲繪色的說著什麼。

索羅定嘴角抽了抽，這岑勉第一天來就被帶壞了，回去桂王會不會掀桌子？

索羅定過去拉了他一把，示意他離開。「別聽這些有的沒的。這些八卦當了真，母豬都上樹了。」

「不是啊……」岑勉跟著索羅定回書院。「那個樵夫據說就是發現陳醒的人之一，說得有鼻子有眼的，還說岑勉是被山上的女山大王劫走的，失身了。」

索羅定一臉嫌棄，「失身的應該是那山大王吧？陳醒不是個爺們嗎？又不吃虧。」

「可據說那山大王雖然是個女人，但是五大三粗的，而且全身長滿黑毛……」

索羅定就覺得眼皮直抽筋，「那玩意兒不是女人，是母猴子。」

「被母猴子劫色啊？！」岑勉不知道索羅定是調侃，驚呼了一聲。

正好，一個小廝從門口路過……於是，城裡的流言蜚語立刻轉了風向，朝著更離奇的方向發展過去了。

「聽說了嗎？陳醒是被隻母猴子劫色的！」
「不說是母熊嗎？」
「我聽說的是黑熊精！」
「咦？不說是黑風怪嗎？」
「呀？誰跟我說是黑山老妖來著？」

◇ ◇ ◇

白曉月吃著生煎包子、喝著肉骨頭湯，臉依然紅撲撲問索羅定，「女的劫男的也可以啊？」
索羅定指著生煎包，命令道，「吃妳的包子，不要想些亂七八糟的事！」
岑勉也很好奇，「要怎樣劫？」
索羅定扶額。
這時候，門口白曉風來了，推著一輛帶木輪子的輪椅。
「喲！」索羅定站起來上下打量那輪椅，讚道，「不錯啊。」
「找皇城最好的木匠趕做的。」白曉風接過丫鬟遞來的軟墊放在了椅子上，看了看正在吃第六個生煎包的白曉月，無奈……他這個淑女妹妹自從做了索羅定的夫子之後，別的不說，飯量見長！

白曉月有些嫌棄的看那輪椅，搞得跟傷殘似的。

「我幫妳拖住爹了，讓他一個月之後再來。」白曉風警告她，「這一個月妳給我坐在輪椅上養傷！一個月還好不了我可幫不了妳了！」

白曉月一聽她爹暫時不來了，歡呼一聲，夾著的生煎包掉了，癟嘴……

吃完早飯，白曉月坐上輪椅，索羅定推了推她，倒是挺稱手，不過這輪椅很重，丫鬟們估計推不動，看來這幾天他要專職給白曉月推車了。

白曉風向來君子遠庖廚，很少在廚房逗留，不過今天送完輪椅後似乎也不想走，四處看著。

「哥你吃早飯沒？」白曉月問。

「吃過了……子謙呢？」白曉風問。

眾人沉默了片刻。

索羅定看他，問，「你不會是想打聽陳醒那單子八卦吧？」

「陳醒？」白曉風微笑，神色平靜的問，「尚書陳勤泰家那位公子？他出什麼事了？」

索羅定無語，顯然因為程子謙妖氣太重，整個書院的人都被帶歪了。

「哥你沒聽說啊？」白曉月立刻跟白曉風八卦了起來，岑勉也在一旁插話。

白曉風聽得還津津有味。

◇ ◇ ◇

早課時候的海棠齋裡，索羅定剛一踏進門檻，就覺得有一萬隻蒼蠅在振翅高歌，「嗡嗡嗡劫色……嗡嗡劫色……」

他推著白曉月的車子到了桌邊，剛坐下，旁邊唐星治就問他，「索羅定，父皇召見你沒？」

索羅定一臉茫然，「沒啊。」

「今早陳尚書進宮了，好像求父皇派兵剿匪哩。」唐星治說，「是不是要你去？」

索羅定摸了摸鼻子，「沒收到風。」

「咳咳。」白曉風咳嗽了一聲，示意眾人開始上課了，少八卦。

於是，眾人收拾心神，開始了無聊的早課。

挨過一個時辰，白曉風留了幾個題目叫眾人做，就散了堂，優哉游哉出門了。

索羅定打了個哈欠，就見旁邊第一天來上課的岑勉正整理自己記下來的東西，厚厚好幾頁紙。

白曉月瞇著眼睛，又拿尖尖的手指戳索羅定，讓他看岑勉，那意思——瞧瞧人家這才叫唸書呢！哪兒像你，一堂課一大半時間都在打哈欠。

索羅定伸懶腰，心思卻不在這兒，回頭問白曉月，「妳回院子還是去別處？」

白曉月眨眨眼，說，「我想去書齋找幾本圖譜。」

索羅定點頭，推著她就往外走，似乎挺趕。

岑勉抬頭望了望前面，就見唐月茹正和夏敏說話呢，似乎是在說什麼琴的事情。

「喂。」

岑勉感覺肩頭被人拍了一下，抬頭，就見唐星治過來，胳膊肘靠在他肩膀上，問，「下午去玩兒嗎？」

「去哪兒玩？」岑勉邊問，邊下意識的留意前面的唐月茹。

「嘖！」唐星治壞笑，提醒岑勉，「我皇姐一會兒去琴行拿琴譜，你不是沒琴嗎？上琴藝課怎麼行！下午給你去買一張？」

岑勉愣了愣，趕緊點頭。

唐星治咧嘴笑，那架式似乎是想撮合岑勉和唐月茹。

岑勉回屋子準備去了，眾人散堂。

胡開就問唐星治，「星治啊，你要撮合岑勉和三公主，不怕你皇娘生氣？」

唐星治撇撇嘴，「哎呀，當不當皇帝也不能扯上我皇姐的婚事吧！你想，我皇姐都多大了，白曉風對她不冷不熱的，再拖下去該嫁不出去了。岑勉不錯，一片痴心，到時候他配了三皇姐，最好帶她去南方享清福，省得在皇城爾虞我詐的。然後小妹呢，能如願以償配了白曉風……這不是皆大歡喜？」

「唉……談何容易啊！」

眾人就聽背後一個陰森森的聲音冒出來，一驚回頭——果然，程子謙偷聽呢。

「怎麼樣了？」唐星治他們都好奇的圍上來，問道，「陳醒醒過來了嗎？」

「陳醒在尚書府呢，不過我買通了給他看病的幾個郎中，還有從他們家管家的叔叔的兒子的小舅子的大姨媽那裡拿到了好料！」

唐星治他們四兄弟覺得有些暈……

「陳醒醒過來了，據說啊，劫他色的還不是一個人！」

「嘩！」胡開驚得睜大了眼睛，「被輪啦……」

「砰！」

話沒說完，後腦勺挨了石明亮一記，「非禮勿言！」

胡開揉著腦袋，抱怨，「還非禮勿聽呢，你不也八卦得挺美！」

石明亮咳嗽幾聲。

葛範接著問程子謙，「那究竟是人、是熊、還是妖怪？！」

「事情的經過是這樣的！」程子謙翻開卷子詳細解說，「昨晚晚宴之後，陳醒喝多了，似乎又被尚書訓了一頓，悶悶不樂，就偷偷溜出去繼續喝酒，不過一去不返。根據酒樓幾個打雜的夥計說，陳醒下樓之後被兩個女人劫走了，勾肩搭背的，他們都以為是窯姐兒。」

「第二天早晨，幾個進山的樵夫發現了大平山山腳下光著的陳醒。據說陳醒昨晚被幾個女的劫上山獻給她們大王，不過大王捏著他的下巴看了看，說長得太難看了不喜歡，就賞給小的們了，於是陳醒就被一

群女山賊給……那什麼了。」

「喔……」眾人聽得咋舌。

「這也太無法無天了，光天化日、朗朗乾坤的。」唐星治抱著胳膊，不悅道，「真該剿滅這幫女賊啊！」

◇ ◇ ◇

索羅定推著白曉月進了書齋，那個常跟著他的黑衣侍衛又來了，跟他耳語了幾句。

索羅定點點頭，黑衣侍衛就走了。

白曉月問索羅定，「皇上真派你去剿匪嗎？」

索羅定搖了搖頭，一攤手。

「沒有？派別的人去了？」白曉月不解。

索羅定接著搖頭，說，「誰都沒派，不剿匪！」

「啊？」白曉月覺得不可思議，「這麼過分還不剿匪啊，那陳醒不是很吃虧？」

索羅定往外看了看，見四下無人，湊到白曉月身邊。

白曉月就覺得一顆心怦怦跳，四下無人什麼的……孤男寡女什麼的……

「這啞巴虧吃定了，這次的事情完全是陳醒自找的。」索羅定盤腿坐在桌邊，幫白曉月從箱子裡拿出圖譜給她挑。

「什麼意思啊？」白曉月納悶，「他不是被綁的嗎？」

「是他自己喝多了，在酒樓調戲兩個窯姐。」索羅定道，「當時酒樓的夥計和食客都看得真真的，陳醒拿了銀子要兩位窯姐陪酒，兩個窯姐說不在窯子不理他，後來吵起來了，陳醒就罵窯姐說『妳們裝什麼清高啊，還不是大庭廣眾跟男人調情、不要臉』之類的，總之話說得不堪入耳，不少食客都聽到了，覺得他撒酒瘋有些欠揍。不過他是尚書公子，路人怕麻煩於是沒管。」

白曉月皺眉，不解，「陳醒平日斯斯文文的，怎麼這樣啊？」

索羅定想了想，答，「大概喝多了或者受了什麼刺激吧。人喝多了說的話都沒法當真，也不能代表他的人品。陳勤泰平時管他管得太嚴了，那麼大個人，被他老子當小孩子那麼管，還總嫌他沒出息，不開心發洩一些也正常。」

白曉月抿嘴笑——索羅定不愧是大將軍，好氣量，之前陳醒還找他麻煩呢，他都幫人家說公道話！

「那之後呢？」白曉月接著問。

「之後陳醒喝完酒走了，兩個窯姐懷恨在心，於是下樓勾了他說陪他接著喝。」索羅定無奈，「陳醒迷迷糊糊就被人帶走了，後來爛醉如泥，第二天早晨起來就在太平山下光著了。」

「我懷疑是幾個窯姐作弄他，關於他被劫色這點事應該也是幾個窯姐傳出來的，為的是讓陳醒名譽掃地。這會兒陳醒吃的是啞巴虧，與其把真相說出來，還不如說成被山賊、妖怪什麼的綁走了……起碼值得同情點。」

白曉月聽得直皺眉，「原來是這麼回事啊。」

「哎呀，這幾個窯姐夠狠的啊，果然不能得罪女人。」

索羅定和白曉月一起回頭，就見程子謙不知道什麼時候進了屋，趴在他們身後一張小馬紮上，正奮筆疾書呢。

索羅定拿著圖譜拍了他一記，斥道，「你會土遁啊？走路沒聲音的屬貓的啊！」

「不屬貓，不過有貓膩！」程子謙揉著腦袋，問，「就算山賊一事是被陷害的，但山賊就是山賊，趁著這個機會剿滅了不是更好？對皇城百姓也有個交代啊，不然大家誰還敢出門，好像朝廷怕了山賊似的。」

「果然是有點貓膩。」索羅定想了想，問程子謙，「那個山賊究竟什麼來頭？」

「你沒讓人去查嗎？」程子謙一臉的不相信。

「我讓子廉去查了，他說找不到賊窩。」索羅定皺眉。

程子謙張大了嘴巴，不敢置信，「子廉竟然找不到賊窩？」

索羅定挑眉，說，「這幫山賊應該沒那麼簡單。」

「子廉是誰啊？」白曉月好奇的問索羅定。

索羅定對著圍牆的方向打了個響指。沒一會兒，一個人冒出頭來，往圍牆裡看。

白曉月認出來了，就是那個經常跟著索羅定、沒什麼表情的黑衣人。這個人似乎是索羅定的一個副將，功夫超級好，就是不說話。

「子廉……名字跟子謙夫子好像。」白曉月覺得有趣。

「姓也差不多。」程子謙笑嘻嘻，「不過他姓陳，叫陳子廉。」

索羅定對陳子廉勾了勾手指，子廉翻牆進來，到了索羅定身邊，交上一張圖紙。

索羅定將圖紙鋪開，是清晰的大平山地形圖，畫清楚了有多少山谷溝壑，連哪個山坡上長的是什麼樹都寫得明明白白。

「我查了一下，只有西南面的山坡和西北面這個溝壑可能藏了賊窩。」子廉在圖紙上指了指，「溝壑地勢非常險峻，兵馬根本不可能下去；而西南面的山坡地勢比較平緩，不過也不容易進。」

「為什麼不容易進？」程子謙有些不解。

「西南面……」索羅定皺了皺眉頭，說，「那裡連著皇家的圍場。」

程子謙一拍手，恍然大悟，「對哦！」

當今聖上人生三大愛好，除了八卦和「重重有賞」之外，就是打獵了。

皇城的郊外有很大一片林子，裡面什麼珍禽異獸都有，皇城每年都有狩獵季，進出的獵戶很多。皇家圍場分成三部分，周邊、中圍和內圍。

其中周邊基本是野獸最多，也最荒僻的林子，很少有人進去。大平山那一片應該是在周邊。

中圍去狩獵的百姓比較多，大概是皇上這頭帶得好，不只皇城，全國各地好些喜歡打獵的，都會來皇城的圍場玩上幾趟。

而內圍則是皇上以及皇親國戚會去的地方了，每年的狩獵大賽也會在那裡舉行，算算日子，差不多快到了，跟花會是同一段時間的。

正說話呢，就聽到外面傳來了「啪啦啪啦」的聲音。程子謙趕緊跑出去，沒一會兒，抱著一隻肥鴿子回來了。

索羅定認識那鴿子，每次必定拉一坨屎在他身上的信鴿，一天比一天肥。

程子謙從信筒裡抽出一卷紙，飛鴿就被白曉月接過去揉毛了。

打開紙一看，程子謙臉上露出了不可思議的表情。

「怎麼了？」索羅定好奇。

「陳尚書進宮把實情說了，皇上本想幫他個忙，反正山賊也不是好人，讓你去剿匪。」程子謙說著，一挑眉，「不過半道這活兒叫人給劫走了。」

索羅定一撇嘴，不悅，「哪個敢搶老子的活？」

「唐星宇。」程子謙一鼓腮幫子，疑問道，「這可是太陽從西邊出來了！」

「五皇子唐星宇？」白曉月也驚訝。

索羅定也覺得不可思議，「唐星宇？那個飯桶五皇子？他不是被關禁閉嗎？」

「據說關禁閉的時候痛定思痛想要重新做人，所以攬了這活兒，還說會找你幫忙，好趁機跟你學習學習什麼的。」程子謙笑咪咪拍了拍索羅定，笑話道，「估計是他娘教的吧。而且你也不是不知道，他娘是陳尚書的堂妹，自家人的事情，自然自己解決。」

索羅定托著下巴。他見過唐星宇，那幾個皇子他都認識。老大、老二都怕了皇后和麗貴妃，一早擺出不要皇位的架式，一年裡大概有三百天都不在皇城。老四身體差到根本見不得光、見不得風，打個噴嚏肋骨都會折的地步。老五倒是四肢健全，就是人壞啊，五毒俱全、不求上進、簡直不知所謂。

索羅定一直相信，好壞有很大程度是天生的，有些人本質就是壞，所謂江山易改本性難移。唐星宇會變好？這回不是母豬上樹，是樹上結母豬了。

正說話呢，一個書院的小廝跑進來，稟報，「索將軍，有人找您。」

「誰啊？」

「五皇子唐星宇。」

唐星宇突然來訪，索羅定雖然看著他煩，但是也不能說不見。

白曉月想跟著去，無奈腿腳不方便，索羅定把她留在書齋，自己去了前院，程子謙當然跟著八卦去了。

白曉月很想去看看，但是走不了，只好繼續挑圖譜。唐星宇的名字她也有耳聞，知道是個很麻煩的人物，索羅定也不知道會不會真跟他打起來，畢竟人家是皇親。

「曉月。」

白曉月轉頭往外看，就見唐星治跑了進來。

「六皇子。」白曉月見他似乎有些匆忙，就問，「什麼事？」

「我們要去琴行，妳去不去？給岑勉挑張琴去。」唐星治四處看了看，問，「索羅定不在？」

白曉月搖了搖頭，答，「你五哥來找他，他剛剛出去。」

唐星治聽到這兒，愣了一下，「我五哥？」

白曉月點頭，「是啊，好像說皇上將剿匪的事情交給你五哥了。」

唐星治聽到此處，眼睛瞪得老大，「我五哥去剿匪？」

「是他自己要求的。」白曉月點點頭。

唐星治想了想，退出去幾步，往天上看太陽，看今天日頭哪兒出來的。

白曉月被他的舉動逗樂了。唐星治看到白曉月笑了，摸了摸後脖頸子，不好意思。他又緊接著重複問題，「那妳去不去琴行啊？三皇姐也去挑譜子呢，我們慫恿岑勉主動些。」

白曉月倒是有些驚訝，原來唐星治想撮合岑勉和唐月茹啊。不過想想也不奇怪，唐星治向來疼愛唐月嫣，對唐月茹也很不錯，應該不會用姐姐妹妹的婚事去換皇位什麼的。

「嗯，也好，不過要找個人推輪椅……」

「我來我來！」唐星治一聽白曉月竟然答應了，喜出望外，在她改變主意前，趕緊過去推著她的輪椅往外走。

白曉月一方面等索羅定等得很心焦，沒法集中精神幹別的，與其胡思亂想不如出去走走。另一方面，她對岑勉和唐月茹的事情比較有興趣，畢竟也算是關係到她大哥的。

唐星治推著白曉月到了門口，眾人已經在等了，唐月茹她們幾個先走，剩下的都是男生。為了怕白曉月尷尬，唐星治找了輛馬車，讓白曉月坐在車裡，眾人一起趕往琴行。

「喂。」胡開胳膊肘撞了撞唐星治，「竟然跟你來了！」

唐星治一挑眉，答，「那是。」

「索羅定呢？不在？」胡開納悶。

「說是五哥來找他……」

「誰來找他？」石明亮一旁聽到了，皺眉湊過來。

「五哥。」

「唐星宇找索羅定幹嘛？」葛範覺得奇怪。

唐星治將剛才白曉月說的講了一遍。

胡開眉頭就皺起來了，「嘖！星治啊，不是我說你，你怎麼就這麼帶著白曉月出來了呢？你該去叫上索羅定一起啊！」

唐星治瞪大了眼睛看他，那意思——我好不容易單獨約了白曉月出來。

「嘖，這會兒不是兒女情長的時候啊！」胡開一手搭著他的肩膀，小聲說，「唐星宇沒腦子，不過他皇娘有啊，榮妃鐵定讓他藉著這個機會拉攏索羅定，這可是大大不妙啊！」

唐星治撇嘴，「愛拉攏就拉攏唄。」

「那不行啊！」石明亮搖頭，「文有白曉風、武有索羅定，相比起來，白曉風作用還次點兒，他也沒心思做官，可索羅定不一樣啊，他有兵權！兵權知道嗎？！」

唐星治接著癟嘴，「那又怎樣，他還造反不成？」

石明亮和胡開都望天。

白曉月一直靠在馬車邊，聽著外面的動靜，四人雖然小聲討論，但她大致還是聽得到，就接著聽。

「你別那麼死心眼行不行啊！」胡開恨鐵不成鋼的瞪唐星治，罵道，「以索羅定的性格，他一定看不上唐星宇，但還是那句話，榮妃啊榮妃！她一定耍手段，到時候你要是皇位丟了，唐星宇會不會放過你還算事小，那個飯桶不是昏君就是暴君，到時候只怕什麼太平盛世都沒了，天下大亂事大！」

「哎呀，總之讓我求索羅定是絕對不可能！」唐星治還挺彆扭。

一旁三兄弟面面相覷，都替他擔心。

岑勉一直走在後面，前面四兄弟早就把他忘了，他們的談話他也聽到了，倒是覺得唐星治雖然孩子氣了些，但為人算是正直。

只可惜，如果真要成為儲君，光正直是不夠的，任性和妒賢嫉能更是要不得！索羅定這樣的人才，怎麼可以拱手讓給他人，這日後要怎麼做皇帝？！

◇◇◇

擺下眾人去琴行不提，且說書院裡的索羅定。

書院不像將軍府還有書房什麼的，都是一人一個院子。索羅定特地讓人引著唐星宇到院子裡坐著，別進屋。

程子謙搬了個小馬紮站在院牆外面，正好可以看到裡面的情況，又能聽清楚裡面說話，就蹲下抽出紙準備記錄。

剛對著毛筆「哈」了兩下，身旁白色人影一晃，就見白曉風抱著胳膊靠在了牆邊。

程子謙眨了眨眼，看著他。

白曉風指了指外面，低聲說，「外面還有頂轎子，裡面應該是女眷。」

程子謙驚訝的張大嘴，問，「榮妃？」

白曉風一攤手──估計是。

程子謙的八卦之血又開始奔騰了，白曉風手指晃了晃，示意他──淡定！好戲開始了。

索羅定進了院子，就看到院中兩個人正等候著。

一個是年輕人，看著大約二十來歲？比唐星治大點兒，兩兄弟不怎麼像。唐星治長得很不錯，眉清目

秀還有幾分大氣，和當今皇帝很像。不過這位嘛……皮膚黑一些，吊梢眼，眼睛不太有神。

他坐在院中的石桌邊打著哈欠，身背後一個老公公，花白的頭髮。

「索將軍。」那公公看到索羅定激動得不得了，趕緊過來給他行禮。

索羅定乾笑了一聲擺擺手，想了想——這太監應該是榮妃的貼身太監，暉公公。

桌邊喝茶的唐星宇就看了索羅定一眼，接著打哈欠。

索羅定倒是放心了——母豬沒上樹，樹上也沒長母豬，因為這位五皇子飯桶依舊。

「皇子。」暉公公趕緊用手指碰了碰唐星宇，那意思，讓他起來給索羅定見禮。

唐星宇並不是跟索羅定有過節，而是他根本看不起索羅定，他看不起幾乎所有人，反正他是皇子，除了皇帝，他需要怕誰嗎？但那太監一直對他使眼色。

唐星宇無奈，他娘逼著他來的，只好拱了拱手，連站都沒站起來。「索將軍，別來無恙。」

索羅定一挑眉——唐星宇這樣的倒是好打發。

院牆外，白曉風搖了搖頭。

程子謙邊搖頭邊奮筆疾書，寫了一大排的「飯桶飯桶飯桶……」。

索羅定到了桌邊坐下，看了看唐星宇。

唐星宇抬頭和索羅定一對上眼，趕忙轉開……這人無論看多少遍都那麼嚇人。

索羅定暗自冷笑了一聲。才智和外表輸了唐星治九條街就不提了，膽量也不行，唐星治那傻子起碼還敢挑釁一下自己。

「五皇子，找我何事？」索羅定端起桌上的茶壺，打開蓋子看了看，又放回去，托著下巴喊，「小玉，拿壺碧螺春給我。」

白曉風和程子謙困惑的對視了一眼——碧螺春？索羅定能分出碧螺春和龍井的區別？簡直不可思議！

小玉是書齋的丫鬟，平日陪著白曉月，長得非常漂亮，個性也乖巧，所以白曉月都不讓她幹粗活，基本上就是幫著磨墨挑衣服的玩伴，兩人感情甚好。

小玉正在院子外面呢，大老遠聽到索羅定叫自己，也有些不解，趕忙跑進了院子。「將軍？」

索羅定笑了笑對她勾了勾手，說，「來壺碧螺春。」

「哦，好。」小玉雖然不明所以，但趕緊跑去泡茶了。

索羅定轉眼一看，就見唐星宇果然正望著小玉，看來也驚訝這府裡還有這麼俏的丫鬟，整個人似乎也醒過來了。

索羅定暗自搖頭。

程子謙踮著腳看了一眼後，縮回來繼續蹲馬紮。白曉風就見他又寫了一排「蠢材蠢材蠢材……」。

白曉風抱著胳膊靠著牆壁摸下巴——索羅定這是玩的哪一齣？

很快，小玉泡好了茶跑回來，白曉風攔下她，伸手接了她手裡的茶壺，擺擺手，示意她回去繼續忙自己的，這裡就不用管了。

小玉於是就回去了。

白曉風微微一笑，又去叫來了個小廝，將茶遞給他，讓他拿去給索羅定。

唐星宇正伸長了脖子望呢，看到小廝進來後一臉嫌棄加遺憾——剛才那個漂亮丫鬟呢？

索羅定接了茶水，知道白曉風在外頭呢，又看了看唐星宇身後的太監，那意思——你主子不說，不如你說吧。

「啊，是這樣的……」

暉公公剛想開口，就見外面一個小廝跑了進來稟告，「索將軍，榮妃來了，說要求見。」

索羅定嘴角微微一挑——果然。

白曉風和程子謙對視了一眼，自覺找了個假山先避一避。

外面，榮妃帶著幾個隨從，急匆匆走進來了。

榮妃是比較特別的一個妃子。後宮妃嬪眾多，其中最漂亮、最得寵的是麗貴妃，身分最高、最有權力的是皇后，最知書達禮、能和皇上聊心事的是王貴妃，而這位榮妃，則是最會來事兒的一個。

榮妃是尚書陳勤泰的堂妹，家族不小，人長得還行，脾氣馬馬虎虎，野心倒是挺大。只可惜生出個兒子不頂用，被寵壞了，整天惹是生非。大概是遷怒，皇上是越看這母子倆越不順眼。榮妃一直非常低調，是眾多妃子裡最最不得寵的一個。

不過，就算不得寵，家族門第還是在的，她有錢也有人脈，所以麗貴妃和皇后也拿她沒法兒，雙方關係非常差。

榮妃進了院子就道，「索將軍，叨擾叨擾。」

索羅定只好接著乾笑，心說真煩啊，還不如在書齋替白曉月找圖譜呢。

「星宇，誰讓你來的！」榮妃惡狠狠瞪了唐星宇一眼，斥道，「索將軍日理萬機，那麼多軍國大事處理，哪兒有空管你這點雞毛蒜皮的小事。」

索羅定嘴角抽了抽，門口程子謙和白曉風都忍不住「噗」了一聲。

索羅定心說妳會說話不會啊？還日理萬機軍國大事，皇朝上下誰不知道做官的最閒就是他索羅定，不用打仗不用剿匪，太平盛世連個偷兒都沒有，以至於他這大將軍還要來書院唸書，竟然說他忙？！

「索將軍，抱歉啊，星宇說的話你別當真，他自己會處理。」說著，榮妃作勢要拖著唐星宇走。

白曉風突然明白了，蹲下問程子謙，「索羅定剛才要小玉拿碧螺春，就是為了不讓唐星宇開口？」

程子謙笑了笑，「你當他真傻啊？這廝腦筋快著呢。」

果然，就見索羅定笑了笑，道，「哦，沒事，五皇子也沒說什麼，我讓人送你們。」

門口，白曉風和程子謙又忍不住「噗」了一聲，好想看這時候榮妃的表情——神作！

而此時，榮妃可謂尷尬。

她原本和唐星宇說好了的，唐星宇假裝來找索羅定幫忙，將剿匪的事情一說，她就急急忙忙趕過來阻止，想來個順水推舟又不是太刻意，沒想到索羅定一開始就叫了個美女分散唐星宇的注意力，於是榮妃時

機沒把握準，戲唱了一半唱不下去了。

索羅定站起來，揉了揉肩膀，「哎呀……別說，我這幾天真是唸書唸得腰痠腿疼的。」說著，對榮妃拱了拱手，「榮妃啊，我就不送了，還要回趟軍營。」說完，轉身溜溜達達出門了。

程子謙撇嘴，不悅，「切，都不給我八卦的機會，這索羅定！」

白曉風淡淡一笑，「好戲才開場呢，以後有得麻煩。」說完也走了。

程子謙躲到假山後面，就見榮妃黑著臉走了出來，身後唐星宇估計是被訓了，老老實實跟著。

「你就不能給為娘爭一口氣嗎？都不知道你在幹什麼！」榮妃似乎是忍不住了，咬牙切齒訓斥唐星宇。

「我們反正是找他辦事，直接說不就行了嗎？花那麼多心思幹嘛啊！」唐星宇似乎還不滿了，「他是臣子我是皇子，搞得好像我要求他一樣……」

「你給我閉嘴！」榮妃恨鐵不成鋼，抬手就要抽唐星宇。

唐星宇趕緊縮到暉公公身後。

暉公公幫著講情，「娘娘息怒啊！娘娘，索將軍似乎是有意阻止皇子說話。」

榮妃嘆了口氣，「索羅定何等精明，他是不想蹚這渾水。也罷，我還有辦法。」說完，出了書院。

到了門口，唐星宇摸了摸頭，小心翼翼詢問，「娘啊，我關禁閉好幾天了，想出去走走。」

榮妃皺眉看他。

「我去打聽打聽消息嘛。」唐星宇趕忙說，「總比在宮裡什麼都不幹強啊！」

榮妃嘆了口氣，一擺手，「隨你吧。」

唐星宇趕緊就跑了，準備到飄香院或者怡紅院找相好的姑娘去。

◇ ◇ ◇

索羅定回到書齋，發現白曉月不在了，就問捧著衣服經過的小玉，「妳家小姐呢？」

「哦，小姐剛才跟六皇子他們出去了，好像說是給小王爺買琴去。」小玉跟著白曉月久了，自然不怕索羅定，也知道白曉月對索羅定有意思，就湊過來對索羅定說，「索將軍，他們應該是去琴行呢，您要不要去看看啊？剛走沒多久呢。」

索羅定搔了搔下巴，「哦」了一聲。

小玉見他沒什麼表示，無奈搖頭——這糊塗的啊，什麼時候才能雲開月明……轉身就走了。

索羅定抱著胳膊——白曉月和唐星治跑去琴行了？

「嘖，老索啊！你上點心唄，小心被人橫刀奪愛。」程子謙又冒出來了。

索羅定望天，出門。

「你去哪兒啊？」程子謙跟上。

「去軍營啊，不然去哪兒？」索羅定不搭理他，轉身跑了。

程子謙不忘在後頭嚷嚷，「琴行出門左轉左轉再左轉啊！」

索羅定撇嘴，出了門，左右看了看……還是往左吧……左轉左轉再左轉是個什麼走法？

◇◇◇

琴行裡很熱鬧，最近來了一批新的琴，所以買家不少，還有不少人在裡面交換琴譜。

曉風書院的人一來，立刻引來了不少人關注。

先來的是唐月茹、唐月嫣、夏敏和元寶寶幾個姑娘，她們和樓裡的琴師說好了，要幾份新的琴譜。只是一上樓，迎面正碰上一群姑娘下樓。眾人抬頭一看，夏敏立刻拉著三人先到一旁看琴。

那幾個女人走下來，一陣豔俗的香粉味有些嗆人。

這琴行最常光顧的是兩類人，一類是才子佳人，另一類，就是窯姐。

說起來，這間琴行的老闆也有個怪癖，通常人家琴行，賣窯姐了就招不來才子佳人了，招來了才子佳人的，自然也不讓那些窯姐進來。但是這位琴行老闆一視同仁，誰愛買誰來買，不愛買就別買。無奈是貨比三家之後，這琴行的琴和琴譜都是最好的，所以才子佳人們再看不上那群窯姐，也難免跟人撞在一個鋪子裡買琴。

從樓上下來的窯姐個個濃妝豔抹，下面這四個就是高貴優雅、淡施粉黛，形成了很鮮明的對比。

窯姐兒們下來之後也沒離開，在中庭挑起琴來。

唐月茹和夏敏先上樓找琴師要琴譜。

唐月嫣挑中了一張琴，跟元寶寶研究起了音色，決定買下來。

但是還沒等兩人開口，旁邊突然有人插話，「老闆，這張黑焦琴我要了。」

元寶寶抬頭一看，就見是個十分漂亮的女子，不過再漂亮也擋不住身上一股風塵味。光看衣著，袒著胸口一大片白花花的，就知道應該是窯姐了。

元寶寶說，「那個，我們先看中的。」

這琴行的琴通常都是獨一無二的，很難找到第二張。

窯姐上下打量了一下元寶寶，笑了一聲，「小妹妹，這是張好琴，適合高手用的，初學用那些楊木琴吧。」

元寶寶皺眉，這人怎麼說話沒禮貌——不過她自己本身也不怎麼喜歡彈琴。

身旁唐月嫣突然伸手，輕輕摸著琴弦，說道，「焦木琴又叫知音琴，音色低沉，講究的是以琴交友，適合雅客文人用。楊木琴就不同啦，聲音輕佻又浮誇，更適合某些……高手。」

元寶寶抿嘴……唐月嫣脾氣可嬌貴了，驕嬌二氣並重，平日都沒人敢惹她的。不過話說回來，她也不會主動惹別人，但誰要是惹到她頭上，那就完蛋了，這跟她皇娘麗貴妃一模一樣的！

在中庭買琴的除了元寶寶她們和窯姐之外，還有一些進來湊熱鬧的，或者想買琴的路人，以及其他幾

個書院的學生。

皇城誰不認識唐月嫣啊！人家是七公主，貌美又尊貴，而且的確是那窯姐挑釁在先。說出狠話了，就要預料到別人用更狠的話回你。

那窯姐雙眉一挑，盯著唐月嫣看。

唐月嫣哪裡怕她，淡淡一笑，拉著元寶寶，道，「寶寶，我們去看別的琴。」

那窯姐冷笑了一聲，心說妳也知道怕。

元寶寶傻呵呵被唐月嫣拉到一旁，看另一張琴，就聽唐月嫣不緊不慢的說，「剛才真是瞎了眼了看上那麼張琴。」

元寶寶不太明白，「嗯？」

「妳想啊，我和那種人一個品味，說出去多丟人啊。」唐月嫣嘛著嘴，她本來就長得嬌俏，這樣嬌嗔的樣子看得不少醉翁之意不在酒的男客都心動不已。

「要是傳出去，我皇娘該罵我了。」唐月嫣裝著天真，說的卻是狠話，「唉，平日我穿件衣服俗氣點的，皇娘還說我呢，女孩兒什麼最重要？名聲嘛！有錢難買個乾乾淨淨。」

元寶寶再單純都知道唐月嫣指桑罵槐說那窯姐呢。她那意思再明顯不過，就是說自己身分尊貴皇家公主，怎麼能跟那些賣身的窯姐一個眼光，還順便罵了那窯姐不乾不淨不要臉，給爹娘丟人。

元寶寶無奈——她自己出身富貴，不過心底比較淳樸，知道那些下人丫鬟也不容易，窯姐更別說了，誰不想跟唐月嫣似的萬千寵愛集一身？淪落風塵大多是不情願的，自甘墮落的也大多有淒慘原因，話說得好重呀，那窯姐心裡該多難受。

而此時再看那窯姐，就見她臉色煞白，斜著眼睛看著一邊挑琴、還一臉單純若無其事的唐月嫣。

這時候，樓上唐月茹和夏敏拿著琴譜下來了。

她們倆沒聽到剛才的對話，見唐月嫣挑琴呢，唐月茹就問，「嫣兒啊，挑到中意的沒？」

「還沒。」唐月嫣撒嬌，「皇姐妳幫我挑張好的。」

唐月茹點頭。

這時候，門口唐星治等人也到了。唐星治和胡開抬著白曉月的輪椅下了馬車，推著她進門。

岑勉早就看到從樓上嫋嫋婷婷走下來的唐月茹了，心情就緊張了起來。

石明亮拍拍他肩膀，示意他——淡定啊！

「哥，你們怎麼來啦？」唐月嫣看到唐星治了，就從元寶寶身後走了出來，叫唐星治。

而就在這個時候，那窯姐突然順手操起了桌上的一個硯臺，對著她就扔了過去。

可偏偏那麼巧，唐月茹正好從樓上下來，就聽到一股惡風，嚇了她一跳也沒反應過來怎麼回事，就聽到有人大喊，「小心啊！」

眾人一驚。

唐月茹感覺有人撲向自己，然後摔倒……她倒是沒怎麼摔著，因為摔在一個人懷裡了。

場面一陣亂，又聽到「砰」一聲。

「哎呀！」在唐月茹身後下來的夏敏看得真切，喊起來，「小王爺！」

原來，剛才那窯姐丟出的硯臺眼看要砸中唐月茹了，岑勉飛身就撲過去為她擋下，被砸中之後不小心帶倒了唐月茹，他趕忙拿自己做肉墊。

夏敏下樓扶起岑勉。唐月茹這會兒也回過神來了，回頭看，就見岑勉躺在樓梯上，一手小心扶著她胳膊，一手揉著腦袋還問她，「妳摔著沒？」

唐月茹盯著他看了良久，驚呼了一聲，「哎呀!快找郎中來!」

原來岑勉剛才被硯臺砸中了腦側，半邊臉都是血。唐月茹嚇壞了，伸手掏了手帕為他按著傷口。唐星治趕緊喊人。

白曉月也嚇壞了，樓裡一團亂。

胡開一指那窯姐，罵道，「妳幹什麼啊?!」邊對傻了眼的琴行夥計說，「還不抓她去見官!」

「沒事沒事。」岑勉捂著腦袋坐起來，扶著唐月茹，順便看她受傷沒，「不是很痛。」

夏敏和石明亮都會醫術，一起替他看診。

「傷口是不太大，不過傷得也不輕啊。」石明亮拿了唐月茹遞過來的帕子為他按著。

「郎中來啦!」葛範去對面回春堂找來了老郎中，趕緊替岑勉處理傷口。

唐月茹坐在一旁，一雙好看的眼睛裡水霧濛濛、眼淚汪汪的。

岑勉哪兒還知道疼啊，盯著眼前一臉心疼的唐月茹，他沒看錯！月茹是心疼他呢。

白曉月心中也納悶，怎麼搞成這樣？再看唐月嫣，就見她低頭看著腳邊一個帶血的硯臺，臉上沒什麼表情。

「你們放手，我是錯手，我要砸的是她！」那窯姐被幾個夥計抓了要送去見官，就掙扎起來，指著唐月嫣，大罵，「妳是公主了不起嗎？妳靠自己雙手掙過一碗飯吃嗎？我不偷不搶，輪到妳來說我乾不乾淨？我娘早死了，妳有娘妳命好，神氣什麼？！」

唐月嫣依舊不說話，低頭看著地上一灘血。

唐星治左右瞧了瞧，心說怎麼這窯姐剛才丟的硯臺是要砸唐月嫣的？

眼看著事情越鬧越大，人也越圍越多。

白曉月聽身後有人說話，「哎呀，這麼大動靜？」

白曉月愣了愣，猛回頭，就見這次背後靈不是程子謙，而是索羅定。

「誒？」白曉月又驚又喜，問道，「你怎麼……」

索羅定摸了摸下巴，指了指岑勉，「我經過門口聽到動靜，那小子怎麼一臉血？」

白曉月心情可好了。索羅定說路過而已，這裡又不是去軍營的方向，擺明是來找自己的。

白曉月將剛才的事情大致說了一遍，索羅定點了點頭，「哦……」

眼看著外面圍觀的人越來越多，那窯姐顯然被剛才唐月嫣的幾句話狠狠羞辱了，士可殺不可辱，她估

計被戳到了痛處，掙扎得特別激烈，不少人也對她有些同情。

唐星治看了看胡開，那意思——這女人瘋瘋癲癲的，要不然報官？

胡開又看了看石明亮，石明亮搖搖頭，那意思——別鬧大了，萬一傳到皇宮，星治又該挨打了。

眾人正糾結，就聽岑勉說話，「算了算了，反正也沒砸著人。」

眾人愣了愣，無語。

唐月茹被他氣樂了，斥道，「你不是人啊！」

岑勉想了想，也對，就笑道，「我是男人嘛。沒事，砸中臉也是小事，妳們姑娘都沒事幾行了。別吵了，傷和氣。」

說話間，郎中替他處理好傷口了，臉上的血也擦乾淨了。

岑勉頭上包了一圈白紗布，站起來，對那兩個押著窯姐的夥計說，「放手放手。」

幾個夥計面面相覷，不過還是放了手，剛才都聽夏敏叫了——這是小王爺。

岑勉看了看那窯姐，道，「趕緊回去吧。」

見那窯姐還咬著牙，岑勉對她道，「她年紀小不懂事，妳別當真了，趕緊回去吧。」

窯姐此時脾氣看來也緩過來了，又看了一眼岑勉，轉身走了。

眾人鬆了口氣。

白曉月看了看索羅定。索羅定摸著下巴——這娃真是沒脾氣啊，桂王那麼霸氣，怎麼教出這麼個純良的兒子來？

「都沒事了，沒事了啊。」葛範趕緊疏散人群，順便給了店裡夥計些銀子，讓他們找人清理一下，順便賠了那砸碎的硯臺，還囑咐不要到處亂說。

唐月茹還是擔心岑勉的傷勢，剛想說讓他回去休息，卻見唐月嫣走上來。

岑勉見唐月嫣走到自己面前，臉板著，一臉的不高興，也有些納悶，心說剛才莫不是嚇著了？

「誰讓你說那些話的？你才年紀小不懂事呢，用得著你替我道歉？！」說著，唐月嫣推了岑勉一把。

岑勉自然沒被她推倒，不過往後退了一步，捂著腦袋一臉茫然的看她，樣子看著挺傻氣。

「月嫣！」唐星治覺得不像話，拉住唐月嫣，斥道，「妳鬧夠了啊！多虧了岑勉幫妳解圍，妳也不看看什麼地方，大庭廣眾的跟個窯姐吵架，妳是公主妳知不知道？」

唐月嫣回頭狠狠瞪唐星治，怒道，「你替外人罵我？」

唐星治張了張嘴，小聲說，「那個……哥還不是怕妳出事嘛。」

唐月嫣轉身走了，她倒是沒哭鼻子，臉上很是凶悍。

唐星治左右看了看，一眼看到了白曉月身後的索羅定。白曉月趕緊對他擺手，示意他別管自己了。「你快追著去吧，她一個人跑了別出什麼事。」

唐星治無奈，跺跺腳追妹子去了。

葛範和胡開對視了一眼，無語問蒼天，這叫什麼事兒。

石明亮倒是抱著那把黑焦琴問掌櫃的，「這琴多少銀子啊？」

夏敏瞪他，斥問，「你還有心思買琴？」

石明亮一臉認真，說，「本來就是陪岑勉來買琴的嘛，這琴好啊！意義非凡！」說著，他對岑勉挑挑眉，「哦？」

岑勉有些不好意思……這琴，的確意義非凡。

索羅定胳膊肘靠在白曉月的輪椅背上，笑道，「出乎預料的順利啊。」

白曉月回頭看他，問，「你見好五皇子啦？他沒有為難你？」

索羅定嘴角撇了撇，不屑道，「妳也十分看得起他了。」

「喂，索羅定。」胡開到他身邊，問，「唐星宇找你幹嘛？」

索羅定望天想了想，然後答，「沒幹嘛，就喝了壺茶。」

索羅定說的是實話，胡開卻心裡毛了，又問，「他找你喝茶？你是不是有什麼隱瞞沒說？」

索羅定一樂，「你去問問子謙或者白曉風唄，他們倆全程在外面聽著。」

「這樣啊……」胡開似乎放心了點，又問，「你不會變節吧？」

索羅定笑了，「變節？」

「吶，好歹一個書院的、還共過患難，你不會不幫星治，改幫星宇吧？」葛範也上來幫著說話。

索羅定笑得痞氣，點頭，「唐星宇嘛，是糊不上牆，老子不怎麼待見。」

石明亮在一旁點頭，胡開和葛範鬆了口氣。

「不過……」索羅定一手一人搭住肩膀，看了看胡開又看了看葛範，問，「爺什麼時候跟你們上過一條船？」

三人一愣，瞧著索羅定。

索羅定放開手，抱著胳膊，說，「還不趕緊進宮救人？皇后娘娘估計等著唐星治呢，回去後他和唐月嫣估計都得受罰。」

胡開一驚，趕緊就要往外跑，但想了想覺得不對勁，又跑回來，「可如果皇后娘娘真要打人，我也沒轍啊！」

「蠢啊你！」索羅定一腳將他踹出去，「去求皇上唄。」

胡開被踹出去，揉著屁股就跑了。

門口圍觀的人不少看到索羅定踹胡開出門，又看到三公主扶著受傷的岑勉出門，還有夥計拿著擦地的帕子走出來，好傢伙，滿手的血啊！

晚飯的時候，八卦就又傳開了，說是索羅定大鬧琴行。

「索羅定這個粗人去琴行幹什麼啊？」

「誰知道啊，據說還調戲了個窯姐咧。」

「真過分啊！」

「那窯姐用硯臺砸他，差點砸到三公主！」

「媽呀，三公主不會受傷了吧？」

「才沒有呢，那個小王爺岑勉可英勇了，飛身替三公主擋了硯臺，據說砸成重傷了。」

「人這麼好啊？」

「豈止，還沒追究那窯姐的責任，替索羅定跟她道歉呢，說他是個粗人，讓窯姐別見怪。」

「哎呀，岑勉人真好啊？」

「可不是，七公主都被嚇跑了，六皇子追去了，索羅定發脾氣，還把胡開小王爺從琴行踹了出來呢！」

「要死！」

「夥計擦地的時候，那一帕子血啊，索羅定這個蠻子真造孽！」

「就是啊，太討人嫌了！」

◇ ◇ ◇

曉風書院，索羅定的大院子裡。

子廉架起個爐子煮火鍋，幾個士兵在一旁搭個燒烤的架子，似乎今天又抓了不少野味。索羅定盤腿坐在院子中間的座位上，拿著根肉骨頭逗傻傻。

程子謙翻看著今天的八卦，邊不無感慨的表示，「老索啊，你真行啊，就是出去走了一圈，所有騷亂都是你挑起的。」

索羅定撇嘴。

「索將軍，你要不要澄清一下啊？這麼無辜被屈，明明不關你的事！」岑勉十分不好意思。

索羅定一擺手，無所謂道，「哎，又不是第一天，管他那麼多呢。」

「可世人誤會你，都拿你當惡人啊！」岑勉抱不平，「你又沒幹什麼！」

「也沒什麼不好啊，去吃飯都不用搶座位，看到我都自動彈開，走路不知道多寬敞。」說完，索羅定將肉骨頭給了傻傻，跳下石桌跟手下一起烤肉。

程子謙抱著卷宗，問一旁正翻圖譜的白曉月，「老索又被冤枉了，不心疼啊？」

白曉月瞄了他一眼，就說，「明知故問。」

程子謙笑得欠揍。

白曉月嘆氣，索羅定被冤枉她自然心疼的，但是又覺得不喜歡索羅定的人越多越好，特別是女人，那就沒人來搶了！

掌燈的時候，火鍋和燒烤都可以吃了，書院眾人都被香味吸引過來，一起坐著吃飯。

這時候，門口唐星治蔫頭耷腦的進來了，身邊胡開拿著個軟墊子。

「怎麼？挨揍了？」白曉風見唐星治捂著屁股，有些無奈，皇后娘娘也實在是太嚴

「月嫣呢？」唐月茹捧著碗問唐星治。

唐星治嘆了口氣，說，「被她皇娘搧了一嘴巴，在屋子裡哭呢，說不吃飯了。」

眾人暗暗吐舌頭，麗貴妃不愧是麗貴妃啊，下手也不心軟，一個被搧嘴巴、一個被揍屁股，唉，其實皇家的子女有時候還不如普通人家的。

「月嫣中午飯就沒吃，這回又不吃晚飯了，還哭，別弄病了。」唐月茹擔心。

「是啊，她要嘛不病，要病起來咳得昏天黑地的。」夏敏皺眉，對唐星治道，「你替她送點吃的去唄。」

唐星治剛剛坐下，疼得直吸氣，「我自個兒都自身難保了，你們替她送去唄。」

夏敏看了看元寶寶，元寶寶看了看石明亮，最後眾人看白曉風。

白曉風優雅的喝著酒，見眾人看自己，就對一旁幫白曉月涮羊肉的索羅定，「你去吧。」

「哇！」不只索羅定，眾人都忍不住哇了一嗓子，「月嫣該更吃不下東西了。」

「還是我去吧。」元寶寶弄了碗熱湯，又弄了兩隻雞翅膀，跑去找唐月嫣了。

沒一會兒，她哭喪著臉回來了，「月嫣發好大的脾氣啊，湯都被她灑了，幸好我跑得快，不然雞翅膀就砸我身上了。」

眾人也無奈。

「這麼大脾氣？」索羅定問一旁叼著雞腿、奮筆疾書的程子謙。

「嗯，七公主不怎麼發脾氣，不過一旦發起脾氣來那根本收不住啊，最好的法子就是聽之任之，等她心情好之前，全部避開她走！」程子謙嘖嘖搖頭。

眾人也都過來人似的點頭。

索羅定搖頭——這脾氣誰受得了啊，真心該嫁不出去了。

◇◇◇

是夜，眾人吃完火鍋就各自去睡了。

唐星治屁股被打，趴在床上生悶氣。

他娘打他的理由不是他沒看好唐月嫣惹了事，也不是岑勉第一天來被他帶出去就被人砸了個頭破血流，而是唐星宇找索羅定的時候，他為什麼不在場？為什麼不關心唐星宇找索羅定究竟要幹嘛？一顆心只知道白曉月，一點出息都沒有。

唐星治趴在枕頭上，悶悶不樂，他覺得做皇子其實一點意思都沒有，就算日後做了皇帝，也沒什麼意思。

「篤篤篤。」敲門的聲音傳來。

唐星治喊了聲，「進來。」

這時候，門被推開，岑勉手裡拿著個藥瓶子，探頭進來看，「星治。」

「岑勉？你還沒睡啊？」唐星治抬頭看他。

唐星治推開門進來，走到他身邊，遞了藥瓶給他。「你疼得睡不著吧？這藥是我爹軍營裡的軍醫調配的，你擦在傷處，可以消腫止痛的。」

「哦。」唐星治接了過來，嘆口氣，「有心啦，其實我皮糙肉厚，屁股上的肉尤其厚啊，恢復起來可快了。」

岑勉驚訝，「你的意思是，你經常挨打？」

唐星治乾笑了兩聲，「可不是嗎？」

「這次要不是因為幫我，你也不用無緣無故挨頓打。」岑勉有些歉疚。

「你人也太老實了。」唐星治擺了擺手，「分明是月嫣惹是生非，跟你什麼關係？你知不知道啊，還好你幫著月茹姐姐擋了那硯臺，要不然砸在月茹身上，你想她弱柳扶風的，萬一砸出個好歹來，我還有命嗎？別說母后了，父皇估計都得打死我。」

岑勉笑了笑，摸了摸頭。

「不過你今天表現不錯啊！」唐星治點頭，「白夫子大概再轉世個幾輩子，也不可能這樣奮不顧身去救個女人。」

岑勉搔了搔頭，不好意思，「當時也沒多想。」

「所以說你好男人囉。」唐星治托著下巴，靠在枕頭上搖頭，「唉，月嫣這脾氣也真得改改，刁蠻又任性，最近這幾天也不知道在躁些什麼，脾氣好似比往日大了不少。」

岑勉送了藥了，就起身告辭，「那我先走了，你好好休息。」

唐星治點點頭。

岑勉出了院子，往自己的房間走。經過廚房的時候聽到裡面有聲音，探頭往裡瞧了瞧，就見一個身影在廚房裡，之後還傳來「砰」一聲，似乎是碗摔了。

岑勉走進去一看，唐月嫣正手忙腳亂的撿東西。

「七公主？」

唐月嫣一驚，回頭看到是岑勉，白了他一眼。

岑勉想起剛才唐月茹說唐月嫣中午飯就沒吃，晚上又鬧脾氣，大概是餓了。籠屜裡的包子已經涼了，岑勉見唐月嫣癟著嘴去撿地上的碎碗，就過去幫忙。「我來吧。」

唐月嫣站起來要出門。

「我替妳煮碗麵吧？」岑勉笑說，「偷些索將軍的醬牛肉下麵。」

唐月嫣停下了腳步，雖然很想走，不過肚子不爭氣，餓死了。

岑勉在廚房裡找了找，沒找到麵條只找到了餛飩皮，就拿出一些來切碎了，替唐月嫣煮了一碗，又放上些醬牛肉做澆頭，端過來放到了唐月嫣面前。

唐月嫣皺眉，問，「什麼東西，髒兮兮的。」

岑勉笑了，「妳先墊墊肚子，多少吃點，去睡一覺明早就有早飯吃了。」

唐月嫣癟癟嘴，用筷子挑了一條麵塞進嘴裡，嚼了嚼，倒是覺得味道還不錯，於是乖乖吃了起來。

岑勉洗了洗手，就見唐月嫣拍了拍桌子一旁，那意思似乎是要他坐下。岑勉於是過去坐下。

「你喜歡我三姐啊？」唐月嫣邊吃邊問他。

岑勉臉頰緋紅，搔了搔後腦。莫非唐星治跟她說了？

唐月嫣白了他一眼，嘟囔了一句，「傻子。」

岑勉尷尬。

「你剛才幹嘛跟那個窯姐道歉！」唐月嫣不滿，「我又沒做錯，是她先來招惹我的！」

岑勉又搔搔頭，小心翼翼說，「她在氣頭上嘛……」

「我也在氣頭上！憑什麼我一個公主要跟個低三下四的窯姐道歉？！」唐月嫣瞪他。

岑勉有些後悔，剛才不進來廚房就好了，這回怎麼回答？良久，他說，「那……妳也說了妳是公主，她是窯姐，她已經很慘了，妳就讓著她點嘛。」

唐月嫣倒是不說話了，邊吃麵邊斜著眼睛瞧他。岑勉摸了摸鼻子，被看得毛毛的。

唐月嫣邊吃麵邊說，「你再這麼唯唯諾諾的，我三姐才看不上你呢。」

岑勉不作聲，坐在一旁。

唐月嫣又斜了他一眼，「你們還真奇怪，你就喜歡我三姐，曉月更有病，喜歡索羅定。」

岑勉皺眉，問，「索羅定不好嗎？他和曉月姑娘好般配！」

唐月嫣嘴角抽了抽，不屑道，「配個屁，一個宰相千金，大才女……」

「那索羅定是大將軍，功夫一流啊！」岑勉沒等唐月嫣說完，便打斷她，「不好以門第之見來衡量喜歡不喜歡這種事情，兩情相悅最緊要。」

唐月嫣吃完麵，放下筷子，就問，「那你真喜歡我三姐，怎麼不去提親？」

「那不行。」岑勉搖頭，「月茹姐姐自己選最重要。」

「哈？」唐月嫣不明白。

「她如果喜歡別人，那我去提親，不是徒增她的煩惱？」岑勉搖頭，「要不得、要不得。」

唐月嫣真想把碗扣他腦門上，沒出息！

「妳吃完了？」岑勉戰戰兢兢收了碗放進水槽，生怕這小公主一會兒又發什麼脾氣，「我回房了，妳也早點睡。」說完跑了。

唐月嫣氣哼哼出了廚房，就看到程子謙蹲在不遠處的一個石墩子上正寫東西呢。

唐月嫣走過去，問道，「子謙夫子啊，你都不用睡覺的嗎？」

程子謙笑得別有深意，「睡的，睡的，這就去睡了。」說完，眯著眼睛溜達走了。

◇　◇　◇

次日清晨，索羅定在一陣喧譁聲中醒過來，撓了撓頭——這麼吵？

起身打開門一看，嚇得他一激靈，就見丫鬟小廝們正收拾院子掃塵呢，風風火火的。

索羅定抱著胳膊走到院子裡抬頭看看天，這天剛濛濛亮，比自己平日起來的時辰還早呢，這幫子人幹嘛？

他順手提溜住一個忙活的小廝，問，「不年不節的，你們幹嘛？」

「索將軍。」小廝道，「昨晚上宮裡傳來的消息，說皇后娘娘想來參觀書院，這不就要打掃嘛！索將軍您有沒有要洗的衣物？」

索羅定嘴角抽了抽，搖頭……心說皇后昨天剛剛打了唐星治屁股，今早來書院參觀？不過他也沒多想，活動了一下筋骨，跑去廚房了。

索羅定到了廚房碰上小玉，讓她去告訴白曉月，自己已經起了，麵自己煮，要她這個月都別早起了，好好養病。

小玉飛也似的跑去了。剛剛從睡夢中醒來的白曉月一聽小玉繪聲繪色跟她說了一通，在被子裡滾來滾去，甜蜜蜜。

過幾天就是皇上壽誕了，每年這段時間都會放假，各種花會啊、慶典啊接連不斷，才子佳人們卯足了勁玩一通。白曉月雖然腿腳不方便，但是勝在有索羅定推輪椅啊！明天下午就是花會了，和索羅定一起去，還能八卦一下她哥、岑勉和月茹、月嫣兩個的事……

只可惜白曉月的好心情在一個噩耗中被打斷了。

白曉風沉著臉來跟她說，「完了，皇后逛書院，讓娘陪著來的。」

白曉月吃驚的一張嘴張得老大，「什麼！」

「娘昨天去宮裡陪皇后娘娘吃茶，聊起說好幾天沒見妳了，妳也不回家。」白曉風無奈，「她一聽皇后今早要來參觀書院就說要一起來。妳完了，我也保不住妳了！」

「怎麼辦？！」白曉月一把抓住白曉風的衣服袖子，求救，「我還要去花會呢！這樣子要被娘拉回家關禁閉的！」

白曉風被她拉著袖子，說，「妳問我我問誰去？我一會兒還挨罵呢，說不定爹知道了我還得挨揍。」

「不是吧！」白曉月哭喪著臉，「你想辦法嘛！」

「現在唯一的辦法就是……」

兩人一回頭，不出預料的，程子謙躲在後頭偷聽呢。

「夫子你有辦法？」白曉月趕忙問。

「妳跟老索私奔吧，怎麼樣？」

程子謙話一出口，白曉風很想一腳踹他出去，不過白曉月倒是托著下巴很認真的思考了起來，「嗯，這個嘛……」

「妳想都別想！」白曉風警告。

「小姐、小姐。」這時候，小玉又跑了進來，「元小姐和七公主她們要去挑明日花會穿的衣服，問妳要什麼款式的，她們好替妳帶回來。」

白曉月一聽，得著救星了，連忙說，「讓她們等我，我也去！」

◇　◇　◇

於是，半個時辰後，索羅定無奈的坐在馬車的前面，靠著車轅，一旁小廝戰戰兢兢的趕著馬車。車裡，滿車子的女人。

索羅定今日是無妄之災，他早早吃了早飯，想著反正今天沒課，所以準備去軍營混上一整天。他本來想帶點人到大平山一帶逛逛，看看有沒有那幫山賊的線索。沒想到的是，他剛出門就被白曉月截住了，說要他推輪椅。

索羅定也無奈，估計這小姐不是買書就是買筆，沒想到等來了一車子女人，說是去買衫。索羅定本來想跑的，白曉月拉住他不放，於是……這位大將軍只好悶悶不樂陪著來買衣服了。

車子在皇城最大的成衣鋪前面停了下來，索羅定放眼望去，好傢伙……都是女人！

索羅定那叫個無語問蒼天啊，不過還得替白曉月搬輪椅，無奈只好硬著頭皮上了。

白曉月的輪椅可沉了，兩個小廝才能搬得動，但是索羅定一隻手提上提下倒是挺輕鬆。幾個姑娘盤算著今天看來能多買些東西，索羅定拿得動的！

推著白曉月的輪椅進了成衣鋪，索羅定就覺得眼暈……那些個花布啊，比迷魂陣還打眼呢，根本看不清楚！索羅定開始想，什麼五行陣啊八卦陣啊，關鍵時刻來個花布陣估計比什麼都管用。

成衣鋪掌櫃的一看貴客到，立刻封了半扇門，方便姑娘們挑衣服。

索羅定想找個角落瞇一下，或者回馬車上去睡一覺，但是白曉月要他推著看衣服。索羅定愁啊，推著白曉月的輪椅，一塊花布一塊花布看過去。

白曉月邊看還邊問他，「這個好不好？那個是不是更好？你喜歡哪個？」

索羅定暈頭轉向，心說他是造了什麼孽，要淪落到陪一群姑娘挑花布。

◇ ◇ ◇

索羅定捧著一堆挑好的成衣跑出去，放在馬車裡，坐下喘口氣，見對面有個茶館，準備進去喝杯茶歇會兒再回來搬衣服。

進茶館坐下，索羅定丟了兩顆花生米在嘴裡，正嚼著呢，就聽路邊兩個小孩兒邊丟石子邊唱歌謠，好似是在玩什麼遊戲。

索羅定喝著茶，就聽到了唱詞兒，其他幾句他是沒聽太清楚，最後兩句他聽明白了，什麼「先皇的閨女非親生，先皇的娘娘愛偷人……」。

「噗！」索羅定一口茶水噴出來，掏耳朵仔細聽。

「娘喂。」

索羅定低頭，就見程子謙蹲在椅子旁邊也側著耳朵聽幾個小娃兒的唱詞呢。

「喂，小孩兒。」程子謙伸手拉了拉其中一個，問道，「這歌謠誰教你的？」

小孩兒愣了愣，看程子謙，說，「大家都在唱。」

索羅定和程子謙對視了一眼。

這幾個小孩兒看著才三、四歲，估計也不懂詞兒的意思，這歌聽著挺順口的，小孩兒不過是玩遊戲罷了……但這歌是誰教給他們的？這麼點大的小孩兒都在傳唱，看來不是一天兩天的事情。

「索羅定。」這時候，元寶寶跑過來，臉蛋紅撲撲的，「我們都挑好啦，要你去搬衣服呢，還有曉月的輪椅……」

元寶寶話沒說完，也被一旁幾個小孩兒的唱詞吸引了，掏掏耳朵，不敢置信，「啥？」

「呃，趕緊搬回去吧。」索羅定拉著元寶寶就回成衣鋪去了，元寶寶還鬧不明白呢，什麼「先皇的娘娘愛偷人」啊？

索羅定將衣服搬上車的時候，程子謙已經給了幾個小孩兒一些銀子讓他們買糖吃去，別在附近唱了。

白曉月她們從成衣鋪出來，因為買著了喜歡的裙子心情都不錯，索羅定搬著白曉月的輪椅上馬車。這時候他才感覺到……周圍的氣氛稍微有那麼一些些的怪異。

曉風書院的男男女女都是風雲人物，出來被圍觀是常有的事，所以之前索羅定也沒太在意，但是現在一看，發現似乎和以前不太一樣。以前路人大多一臉欽慕好奇，如今……卻似乎帶著點指指點點的獵奇勁兒，有的還在笑。

白曉月她們幾個姑娘是完全沒發現異樣。

剛坐進馬車放下簾子，索羅定到了車頭坐下，就聽人群裡不知道是哪個人扯著嗓子喊了一聲，「先皇的娘娘愛偷人……」

人群一陣哄笑。

索羅定皺眉。

馬車裡的姑娘們都沒怎麼聽明白，但是聽到外面有一陣騷動。

「在幹嘛呢？」夏敏就想探頭出去看看。

元寶寶一手擋住車簾子，緊張得一雙眼睛瞪得溜圓。

唐月嫣正看圖樣呢，有些不解的看她，「怎麼了？」

「沒、沒有。」元寶寶一緊張就結巴。

幸好這時，馬車動了。

白曉月因為坐著輪椅所以是靠著窗戶的，她剛才好像是聽到了那句話，什麼「偷人……」？

唐月茹沒怎麼聽清楚，不過這幾天她也覺得怪怪的，似乎總有人對她指指點點。

◇◇◇

馬車回到曉風書院，書院裡的丫鬟下人出來幫忙拿東西。

索羅定翻身下馬，就看到白曉風走出來。

白曉月扒著車窗問，「哥，娘走了沒？」

白曉風點點頭，答，「早走了。」

白曉月鬆口氣。

索羅定將她的輪椅搬下馬車，左右看了看，就見路過的人有不少都偷笑的跑掉，皺眉——果然傳開了嗎？

「老索。」

剛將輪椅推進書院，程子謙就閃到了索羅定身後，手指一拉他袖子，一偏頭，那意思——一旁說話！

索羅定將白曉月的輪椅交給了白曉風，跟著程子謙到一旁，就問，「怎麼個情況？」

「傳開了，似乎是十來天之前，有小孩兒開始唱這首歌謠，歌詞有些隱晦，不過挺上口的，意思就是先皇的娘娘給他戴了個綠帽，三公主唐月茹是跟個侍衛偷情生下來的，先皇根本不能生育，但是又怕說出來丟人，所以吃了個啞巴虧，早早賜死了皇后娘娘，自己也被活活氣死了。」

索羅定皺眉，不解，「十天前就開始傳了？也就是說那時候岑勉父子還沒進皇城是吧？」

程子謙想了想，點頭，「沒人知道他們會來。」

「傳了那麼久了啊……難怪皇上派侍衛盯著三公主了。」索羅定摸了摸下巴，問，「你之前不是說皇后和麗貴妃派人查了三公主的身世嗎？你有第一手八卦……這回證明八卦是準的？」

「你也覺得是麗貴妃和皇后派人傳出去的消息？」

索羅定想了想，一聳肩，不置可否。「如果真的屬實，那這一招可謂永絕後患。」

「皇后不擔心岑勉會看上月茹也可以理解了。」程子謙撇嘴，「桂王是死都不可能讓岑勉娶唐月茹的吧，白相也死活不會讓白曉風娶她……三公主情況堪憂啊！年紀又不小了，本來是天上的公主、皇城第一美人，這下子變成野種了，還是皇族之恥啊！」

兩人正說著，就聽到身後「啪嗒」一聲。回頭，就見岑勉站在他們倆身後，原本手裡似乎是拿著個茶杯的，這會兒摔爛了。

程子謙和索羅定對視了一眼，趕緊四處看……幸好只有岑勉在，身後沒別人。

索羅定瞪程子謙——都是你傳染的，走路個個沒聲音。

程子謙撇嘴——你那麼好的功夫，背後站著人都不知道還有臉說我。

「你們說的是真的啊？」岑勉憂心忡忡，「我剛才在路上也有聽到小孩兒胡唱，這關係到月茹姐姐的名聲，沒有真憑實據不可以亂說啊！」

索羅定見岑勉臉通紅上火的架式，趕緊讓他消消氣，從長計議從長計議！

第八章
他看著你哭 你看著他笑

唐月茹並非真的皇家血脈，先皇叫人戴了綠帽子，這種八卦一旦傳出來，那簡直是一石激起千層浪。

不過八卦分很多種，有的只是男歡女愛、家長里短，誰都敢在明面兒上說，可有的涉及家國天下、皇室秘聞，大家在沒有確切證據的情況下，也只敢在背地裡議論一下。但議論的人如果太多了，聲音自然會傳出來……隱隱的，眾人都覺得會有什麼大事發生了。

花會如期而至，姑娘們個個打扮得花枝招展的，年輕人蜂擁而出，趕往東城的花園子。

皇城東邊有河，河不算寬，也不算長，卻有三十四座各式各樣的橋，橋上擺滿了花。橋頭是吃食街，橋尾是花街，河兩岸的商鋪則是拉了長長的彩燈橫跨河面，再加上陸續而來的畫舫，整個東城五光十色，分外妖嬈。

皇上壽誕的慶典通常都由花會開始。

掌燈時分，煙火上天，皇城的人也快活了起來。

索羅定、白曉風和岑勉都站在曉風書院門口等著。三個男人表情各異。

岑勉是一臉期待，今日可以和唐月茹一起漫步橋上、賞花看燈，他長這麼大，第一次那麼開心。

白曉風則是依然那麼風度翩翩、喜怒不形於色，路邊的姑娘們看著他兩眼放光，竊竊私語情緒高昂。

索羅定是一臉的喪氣——好煩好吵。

唐星治四兄弟是第二波出來的人，這幾個也是小孩兒心性，興高采烈跑出來，討論一會兒去哪兒玩。最後面出來的，自然是姑娘們。

程子謙幫著把白曉月推了出來。白曉月一身白色的長裙，最近經常坐著又吃得挺好，所以稍稍圓了些，看起來面色紅潤，很有精神。

白曉風暗暗點頭——這個狀態只要腳好了，回家爹娘看到一定很滿意。養肥了也該嫁了……想著，又看了看一旁打著哈欠的索羅定，嘆氣，妹夫人選稍顯不可靠。

白曉月披著一塊繡得非常漂亮的青色毯子，用來擋風的，偷眼打量索羅定。

索羅定打完了哈欠正好也看向她——白曉月今天稍稍妝濃了些，看起來脫了幾分稚氣，更明豔了幾分。

搔了搔腮幫子，索羅定不禁想——這丫頭倒是生得真標緻。

白曉月自然看到了索羅定眼中閃過的一絲讚許，笑彎了眉眼。心說，不枉費她花了小半天時間裝扮，你這呆子再呆也分得出好看不好看吧，頑石也要你點頭！哼！

程子謙將車子給了索羅定。索羅定一手拉著輪椅的椅背，一手去摸跟著白曉月出來的俊俊。

後面，唐月茹和唐月嫣是挽著手出來的。唐月嫣穿著一件紅色的裙子，明豔動人，畢竟年輕啊，什麼顏色都能壓得住，且她長相甜美又稚氣，哪怕是豔麗一些，也沒半分的俗味，反更顯嬌俏。

相比起唐月嫣，唐月茹穿著一件淡紫色的長裙，她怕冷，還有一件披風裹著，頭髮盤起。

唐月茹自然是絕色的，妝容再淡也難掩她風華，看得岑勉都移不開視線。

就連胡開都跟唐星治小聲說，「別說，你三姐真真是傾國傾城啊，那些個花魁美人跟她比就得扔，差太遠了！」

不過可惜，唐月茹此時臉上有淡淡愁容。世上沒有不透風的牆，雖然大家已經刻意的盡量避免讓她聽到那些流言蜚語，但是該聽到的終歸會聽到。

一開始聽到這些不堪入耳的傳聞，唐月茹幾乎氣得昏過去，但是人言可畏，她都沒有機會解釋，大部分的人都已經當真了。

唐月茹的記憶中，她母后高貴優雅，她父皇慈愛和善。她雖然生在皇家，但是自幼父母寵愛，父母也恩愛，她父皇完全是因為她母后病逝，思念成疾鬱鬱而終，臨死還不忘託付江山的時候託孤，讓她皇叔當親生女兒一樣照顧她這個孤女，怎麼可能不是親生的！

可現在的問題是，全皇城的人都拿她當野種，望向她的眼神不是輕蔑嘲笑就是惋惜同情，真是氣人！

白曉月望著唐月茹，總覺得她好像瘦了些。白曉月低頭，看蹲在一旁跟傻傻玩得挺開心的索羅定，伸手戳戳他。

索羅定抬頭。

白曉月小聲說，「你有辦法沒有呀？」

索羅定微微一愣，「什麼？」

白曉月看了看唐月茹，「月茹姐姐呀。」

索羅定回頭看了一眼走出門和眾人一起往前走的唐月茹，不太明白，「怎麼了？」

「外面傳成這樣子，你有沒有辦法幫幫她？」白曉月嘆氣。

索羅定失笑，也有些無奈，「我怎麼管啊。」一邊說邊推著她的輪椅往前走。

「你不是最有法子的嗎？這樣子要怎麼辦？」白曉月無奈。

「那如果是假的就真不了，如果是真的也無所謂，又不是她的錯。」索羅定倒是說得輕描淡寫，「時也運也命也，管他呢。」

白曉月無奈的看著他，都沒心思生氣了。

就在她回頭的一瞬，忽然感覺似乎有誰在盯著她看。

白曉月四處望了望，錯覺嗎？剛才突然心裡一抽的感覺。

「妳幹嘛？冷啊？」索羅定見她只裹了個小披風，就嘴碎，「坐椅子上了就多蓋點嘛，晚上風大。」

「不是，好像有人在看我。」白曉月皺眉認真說。

索羅定倒是聽著新鮮，就說，「妳小姐好歹大美人，被人看正常啊，別那麼小氣。」

白曉月心裡又撲通一下——大美人啊！誰看她來著？不記得了！

◇　◇　◇

眾人很快來到了城東的花街。

長長的街道人流如織，前方是皇宮的西城門，牆頭上也是燈火輝煌，今天整個皇城的人都在慶祝。

這群才子佳人混到了人群裡，也就不那麼突兀了。

白曉風走在前面，身邊跟著唐月嫣。唐月嫣今天心情似乎不錯，看著花燈顯得有些雀躍。

白曉風也看不出是開心還是不開心，還是一貫的懶洋洋。唐星治他們四個已經不見蹤影了，大概跑去哪兒玩了。唐月茹走在白曉風身後，一旁，岑勉緊跟著，但也不敢靠她太近。

最後面，索羅定推著白曉月，給她買了一串糖葫蘆讓她拿著啃。

「我最近都胖了。」白曉月邊啃，邊捏了捏自己的下巴頦，軟乎乎。

「來，再吃個包子。」索羅定要去給她買包子，白曉月憤恨揪住他袖子……

「老索，別往前面走了，調頭調頭！」

兩人正說笑，就看到程子謙火急火燎奔回來，一個勁擺手。

「幹嘛不往前走？」索羅定抬頭張望，就見前面好大一張戲臺子，是外地來的戲班子在演戲，好多人看，還有好多人笑呢。

「在演什麼？」索羅定挺感興趣。

「哎呀，三公主呢？」程子謙卻著急。

「月茹姐姐在前面呀。」白曉月伸手一指，就見在人群外，唐月茹等人也在駐足觀看那一臺戲。

「糟糕！」程子謙趕緊往前跑。

白曉月和索羅定對視了一眼，怎麼了這是？

戲臺上唱的也不知道是哪裡的戲種，好像是滑稽戲，角兒們都畫著大花臉，說話拿腔作調的挺有趣，再看臺下四周的人，都笑得前仰後合的。

仔細一看上面演的什麼，竟然演的是先皇和皇后吵架、皇后偷情給他戴綠帽的戲碼。

白曉月捂著嘴睜大眼睛看索羅定——這也能演啊？

眾人下意識看唐月茹，就見她一張臉煞白。

岑勉趕緊拉著她往回走，唐月茹還不肯走。

唐月嫣聽著也挺來氣，罵道，「什麼玩意兒！哥！哥！」

沒一會兒，拿著個烤肉串的唐星治跑來了，「幹嘛？」

唐月嫣望臺上一指，就說，「你聽聽都唱的什麼！」

唐星治一聽，肉串的籤子都差點吞肚子裡。

「混帳東西！」唐星治當即火大，叫人拆臺子抓戲子。

胡開趕緊攔住他，「你不怕又挨頓打啊？」

「挨打也要拆，簡直胡說八道！」

唐星治來氣，不過此時人潮湧動，好些人都起鬨，說些難聽話，說什麼做得出又怕人說什麼，身正不怕影子斜。唐星治越聽越來氣。

白曉月著急了，推了推索羅定，問道，「會不會出事啊？」

索羅定抱著胳膊，說，「已經算是出事了吧，鬧那麼大。」

「轟！」

正說話間，突然聽到一陣響動，隨後是一陣騷亂。

索羅定抬頭一看，只見不知道為什麼戲臺子塌下來了一半，好些人都被壓到了，臺上的戲子們也都滾了下來，有人摔傷了，就聽到尖叫聲四起，人群開始紛紛往外湧。

這裡剛才聚集了太多人，這一下子人潮突然散開，立馬推擠的、踩踏的亂成一鍋粥，好些人沒站穩都被擠到河裡去了。

索羅定一看情況不妙，伸手一把抱起白曉月，縱身一躍上了屋頂。

白曉月被放在屋頂上，就看到下面的人跟潮湧一樣四散奔逃，場面很是嚇人。

這一亂誰也顧不上誰，岑勉趕緊護著唐月茹，見人潮來了，抱起她就往一旁的巷子裡躲。白曉風和唐星治他們將幾個女生都往巷子裡帶。

「寶寶呢？」夏敏到了巷子裡一看沒了元寶寶，叫了起來。

索羅定在屋頂上看得清楚，元寶寶被絆倒了，摔在人群裡。他縱身一躍下去，一腳踹翻了幾個準備踩上來的，將元寶寶拉起來帶到了巷子裡，又去屋頂上將白曉月抱了下來，要去找輪椅。

白曉風攔住他，「不用去了，再做一個吧。」

眾人彼此檢查了一下，曉風書院的人都沒受傷，也齊整。

程子謙是最後一個從人堆裡鑽出來的，「奶奶的，有人故意搗亂！」說著，他拿出兩根被削斷的毛竹竿子給眾人看，「這是戲臺子的支腳，被砍斷了！所以臺子才會塌。」

索羅定接過那毛竹竿子看了看，若有所思。

「姐，妳是不是得罪什麼人了？」唐月嫣忍不住問唐月茹，「誰針對妳編出這些亂七八糟的東西來？」

唐月茹這會兒又氣又驚，哪裡還說得上話。一旁元寶寶剛才摔倒嚇壞了，要不是索羅定把她救起來，可能都被人踩死了，想想後怕，嗚嗚直哭。

夏敏在一旁安慰她，邊看眾人——怎麼辦啊？

唐星治抱著胳膊，心裡也有些毛，今天不知道有沒有死人。

「我們回去吧……」胡開說。

「先別走。」索羅定擺了擺手，對胡開他們四個指了指外面，「人潮散了應該有很多傷患，你們四個出去救人，把御醫院的御醫都找來給傷患治病。」

「啊？」胡開等人面面相覷。

白曉風點了點頭，示意——照做！

唐星治等人趕忙出去了。這時候，皇城維持治安的人馬也來了，見此場景嚇了一跳，正好唐星治在呢，就聽他的指揮救人。

索羅定打了個響指。屋頂上，子廉探頭出來。

「把那幾個唱戲的都找出來，每個都要！」

「是。」子廉一閃沒了蹤影。

索羅定看了看毛竹竿子，問白曉風，「你怎麼看？」

白曉風想了想，說，「大概跟你的看法差不多。」

索羅定皺眉。

程子謙搖頭，「真想不到啊，風雲突變。」

「他們打什麼啞謎呢？」唐月嫣著急使不上力，問一旁的岑勉。

但岑勉此時全副心神都在唐月茹身上，那樣子，像是不知道該怎麼安慰她好了，滿眼心疼。

唐月嫣看了他幾眼，撇嘴——痴子！一點出息都沒有。

◇　◇　◇

當夜，女生們先被送回了書院，其他男生都不在，唐星治他們負責救人，白曉風和索羅定就不知幹嘛去了，程子謙一直蹲在門口接收各種消息，做著記錄。

白曉月的輪椅沒了，坐在房間裡也睡不著，就讓小玉替她開著門，等天光。

沒多久，夏敏扶著元寶寶過來了，見白曉月沒睡呢，就進來陪她。元寶寶大概嚇著了，說是一躺下就夢到被踩死了，睡不著。

唐月嫣過來溜達了一趟，問看見她三姐了沒有。

眾人都搖搖頭。

夏敏想了想，應答道，「月茹姐姐會不會在後院的湖邊啊？她有心事的時候會去那裡坐坐。」

唐月嫣皺眉，不解，「大半夜去河邊吹冷風？」說完，跑去找她了。

留下三個姑娘。

夏敏盤著腿坐在白曉月的床上，問，「曉月啊，妳覺不覺得……這次是有人針對月茹姐姐？」

白曉月點頭，「就是不知道是誰。」

「索羅定和白夫子好像心裡有數。」夏敏看了看外面，小聲問，「其實，妳們有沒有懷疑過麗貴妃娘娘？」

白曉月看了看夏敏。其實她也懷疑過，但是看唐月嫣和唐星治的反應，這兩人雖然脾氣各異，但都不算是會演戲的，他們倆應該不知情。

「麗貴妃幹嘛這樣做？」元寶寶不解，「又沒有好處的。」

「怎麼沒好處？」夏敏小聲說，「這樣一來，月茹可能就在皇城待不下去了。」

元寶寶點了點頭同意，「倒是也的確，得利的似乎是麗貴妃。」

「有些牽強。」白曉月卻是搖頭否定，「今天這事情鬧那麼大，還搞得皇家顏面掃地，麗貴妃和皇后娘娘那麼聰明的人，會這麼做嗎？」
夏敏和元寶寶對視了一眼——倒也是。

唐月嫣走到了無人的地方，抱著胳膊滿懷心思。

之前她就有些奇怪，皇后娘娘竟然沒特意撮合她和岑勉，而且之前一副諱莫如深的樣子，莫非真是……

但轉念想想又覺得有些太過分了，總之心裡七上八下。

她也是個好勝的性子，雖然因為白曉風，跟唐月茹多少有些芥蒂。但唐月嫣是個要強的，她哪點不如唐月茹了，公平競爭怕什麼，幹嘛用這種小伎倆，勝之不武。

唐月嫣往後院走，就看到院子外面，岑勉站在那裡，探身往裡看著。

唐月嫣到了他身後，就見不遠處，唐月茹一個人坐在涼亭裡，正望著湖面發呆。

岑勉手裡拿著一件披風，擔心的張望著。唐月嫣伸手推了他一把。岑勉全神貫注呢，被她嚇得差點蹦起來，睜大了眼睛回頭。

唐月嫣白了他一眼，就問，「看什麼，不會過去安慰她啊？」

「唉。」岑勉攔住她，壓低聲音說，「她剛才假裝回屋睡了，見人走光了才悄悄出來坐一下的，可能

是想一個人靜一靜，不要去打擾。」

唐月嫣皺眉看著他，不悅道，「你能不能別婆婆媽媽的，都不像個男人！」

岑勉被罵得挺無辜的，這七公主也不知道為什麼那麼喜歡罵人。

唐月嫣見他還是小心張望著湖邊的唐月茹，腦袋上白色的紗布有些顯眼。

「喂，呆子，我問你。」唐月嫣戳戳岑勉，「如果我皇姐真的不是先皇親生的，你要怎麼做？」

岑勉看了看唐月嫣，道，「我會照顧她的。」

「你怎麼照顧她啊？」唐月嫣問，「娶她？」

岑勉點了點頭，答，「月茹姐姐肯嫁給我，那我求之不得了，一定不會讓她受委屈的。我可以帶她去南邊，遠離這裡的是非紛爭。如果她不肯嫁給我，我也會守著她，直到她嫁給一個可以照顧她一生一世的人。」

唐月嫣盯著他看了半晌，又問，「你爹會讓你娶她？！」

岑勉搖了搖頭，「爹反對也沒有用。」

「你要違抗你爹啊？」唐月嫣驚訝，「桂王脾氣好大的，你不怕他打你？」

「他殺掉我也沒有用，我只喜歡月茹姐姐。」岑勉有些神往的看著湖心亭子裡獨自憂傷的人，「但是，我相信月茹姐姐的娘親一定不是傳言中的那樣，要是讓我知道是誰毀她名聲害她傷心，我一定不會放過那人。」

唐月嫣看了岑勉良久，說，「我姐姐不喜歡你，她喜歡白曉風，白曉風比你好十倍呢。」

岑勉倒是也不惱，只說，「只求白曉風真心喜歡她就好了。比我好十倍？好一百倍才好呢。」

「你腦袋有問題啊！」唐月嫣忍不住罵他，「把喜歡的女人往別人那裡送，你喜歡就去搶過來嘛！」

岑勉無緣無故又被罵，有些無辜的看唐月嫣，嘟囔了一句，「不是我喜不喜歡的問題，是月茹姐姐真心喜歡誰的問題。」

唐月嫣來氣，踹了他一腳。

岑勉不僅被罵了還被踹了，更加無辜的看著唐月嫣，心說這七公主脾氣那麼火爆的嗎？好刁蠻，還不講道理。

唐月嫣氣哼哼走了，也不去找唐月茹了。

走到院子門口，她回頭看，就見岑勉走到臺階邊，蹲下，雙手托著下巴，望著湖心亭，默默的陪著唐月茹。

唐月嫣站在石門後面一直看……也不知道過了多久，岑勉大概蹲累了，站起來揉了揉腿，換個姿勢坐著，托著下巴繼續看唐月茹，像是看天上的明月，眼睛和星星一樣那麼晶亮，帶著十分的虔誠。

唐月嫣轉身走了，順便伸手抹了一把眼角。那呆子，曉風夫子甩他九條街呢！沒出息！

當夜，唐月茹在湖心亭睡著了，等醒來的時候，卻發現躺在自己的房裡，平日照顧白曉月的丫鬟小玉在照顧她。

唐月茹坐起來，問，「我怎麼回來的？」

「小王爺看到您睡著在亭子裡，所以送您回來了。」小玉給她拿來換洗的衣服。

唐月茹看了看床上的衣服，問小玉，「漣兒呢？」

「呃……」小玉猶豫了一下。

漣兒是平日伺候唐月茹的一個丫鬟，唐月茹不是太和人親近，但這丫鬟挺討她喜歡的，一直跟在身邊，有十來年了。

「漣兒姐姐……說有急事，回鄉下去一趟。」小玉小聲說，「小姐說，這幾天讓我伺候您，您有什麼事情吩咐我就行啦。」

唐月茹倒是愣了愣，隨後了然一笑，「原來如此。」

「姐。」

這時，外面有人推門進來，是唐月嫣。

唐月茹抬頭看她。唐月嫣走到床邊坐下，氣哼哼的，手裡還拿著一個食盒。

「小玉啊，去倒壺茶來。」唐月嫣邊說，邊放下食盒，「有豆漿更好。」

「好。」小玉就跑出去買豆漿。

唐月嫣打開食盒，裡面一籠剮晶瑩剔透的水晶餃，放到唐月茹手裡。

「妳買的？」唐月茹倒是有些驚訝。

「岑勉一早跑去給妳買的。」唐月嫣癟癟嘴，「他對妳還真好，是不是暗戀妳？」

唐月茹吃了一口餃子，笑，「別瞎說，他比我小好多呢，拿我當姐姐了吧。」

「那妳當他呢？」唐月嫣問。

「當弟弟呀。」唐月茹吃著餃子笑道，「這孩子可貼心了。」

唐月嫣嘆氣。

「幹嘛嘆氣？」

「沒。」唐月嫣想了想，道，「姐，我今天一大早回去問過我皇娘了，可不是她們害妳！」

唐月茹愣了愣，望著唐月嫣，笑了，伸出一根手指戳了唐月嫣的腦門一下，「妳呀，笨死了，這怎麼可能是皇后和麗貴妃做的。」

唐月嫣揉了揉腦門，不解，「不是嗎？那是誰針對妳？」

唐月茹看了看她，道，「針對的不是我，我不過是被踩了一腳，真正要針對的是皇后和麗貴妃。」

「啊？」唐月嫣一驚，站起來，「要針對我皇娘的？」

唐月茹點了點頭，說，「我算個什麼？哪怕把我弄死了，又能怎樣呢？」

唐月嫣皺眉，坐下，問，「那要怎麼辦？」

「妳不用怕。」唐月茹笑道，「曉風和索羅定會想辦法。就算他們倆沒辦法，還有麗貴妃和皇后呢。都不頂用了，還有皇上呢。」

唐月嫣想了想，摸了摸鼻子，問，「那……那些傳言是真的還是假的啊？」

唐月茹淡淡笑了一聲，答道，「我可不知道。」

「不知道父皇聽到過沒有？」唐月嫣小聲問，「要是父皇突然不疼妳了，怎麼辦呢？」

唐月茹微微的笑了笑，「就當沒了漣兒一樣唄。不到患難，是看不出真情的。如果有一天，妳一無所有甚至會連累他，還有人肯義無反顧為妳付出，默默守護妳，要是能遇到這樣一個人，就嫁了吧。」

唐月嫣嘀咕了一聲，「那妳已經可以嫁了。」

「嗯？」唐月茹沒聽清楚。

「沒。今晚的壽宴妳去不去啊？」唐月嫣小聲提醒，「今天妳那幾個死對頭都在，她們現在肯定超得意，小心她們使壞害妳。」

唐月茹愣了愣。所謂的「死對頭」指的應是那幾個官家的千金、郡主之類的……唐月茹平日都不怎麼愛與人交際，而且欽慕她的才子和文人太多。女孩嘛，中意的男子喜歡別的女子，總是會有些遷怒。所以皇城中幾個大官的千金和幾位王爺家的郡主，都與唐月茹不太合。

唐月茹只淡淡一笑，沒說話，繼續吃早飯。

送豆漿來的不是小玉，而是一蹦一蹦的白曉月。

「哎呀！」唐月嫣趕緊起來去扶她，叮囑道，「妳小心點啊，才剛好一點。」

「好很多啦，本來就不是多嚴重。」白曉月進屋將豆漿遞給唐月茹。

唐月茹打開一看，好啊……灑了一半。

白曉月不好意思的笑咪咪，道，「索羅定一宿沒回來，鐵定查那事情去了。」

「妳哥呢？」唐月嫣問。

「呃……」白曉月仰起臉。

唐月茹和唐月嫣望了一眼——瞧這妹子，知道索羅定一宿沒歸，卻不知道自家大哥晚上回來了沒。

「昨晚上傷亡怎麼樣？」唐月茹見白曉月瞧著籠屜裡的水晶餃，夾起一個塞進她嘴裡。

「嗯……子謙夫子剛才回來了，說幸好救得及時，沒有死人，但是傷了四十多個人，有兩個人傷得還挺重的。」

「四十多個人呢……」唐月嫣皺眉。

「外面有什麼傳言嗎？」唐月茹問。

白曉月的臉立馬垮下來了，嘆氣，「傳的話可難聽了，說是戲班子唱了妳……那些傳言的事兒，然後星治鬧事，弄塌了戲臺子，造成這麼大的事故。」

唐月嫣皺眉，看了看唐月茹——真的矛頭指到唐星治身上了。

「那現在呢?」唐月茹問,「情況怎麼樣?」

「現在穩住了。」

這時候,門口有人走進來,是程子謙。

「夫子。」唐月嫣問,「怎麼穩住的?」

「老索拉了一支人馬來,全城通緝那幾個造謠陷害妳的人。」程子謙對唐月茹說,「貼了滿城的畫影圖形。」

唐月茹愣了愣。

唐月嫣也歪過頭,問,「找到放謠言的人啦?」

程子謙搖頭,「沒啊。」

「那……那通緝的畫像是誰?」白曉月也不明白。

程子謙微微一笑,說,「老索自己畫的。」

「哈?」白曉月等人都哭笑不得。

「索羅定做法是極聰明的,這事情既然宣揚開了,就要針鋒相對,越是隱瞞,越是覺得好像有什麼。」

唐月茹淡淡嘆了口氣,「不過嘛……」

「不過對公主的質疑之聲還是會有的,今晚的晚宴結束後,皇上還是會到城樓上與全城百姓見面,妳能否站在他身邊,就成了證明妳身分的關鍵!」

唐月茹點了點頭，「悠悠眾口堵不住，有些事情明明沒有做，但一旦成了話柄，就會被說。」

「那就要看怎麼個說法，以及有沒有好處了。」程子謙卻似乎有不同的看法。

「好處？」唐月茹不解，「什麼好處？」

程子謙笑嘻嘻，「就好比說，這個餃子妳吃了，人家說妳貪吃；妳不吃，人家還說妳貪吃，那還不如吃了呢，起碼有好處啊！」

唐月茹微微皺眉，不解，「好處……」

唐月嫣望天，「夫子你說什麼啊，聽不懂。」

「唉……」程子謙擺了擺手，示意她們不用想太多。「所謂船到橋頭自然直，妳們女孩兒家就別為這個難了，大事情有我們臭男人頂著，妳們顧著自己貌美如花就行了啊，我繼續去忙。」說完，溜達走了。

唐月嫣回頭看了看唐月茹。

唐月茹笑著點點頭，「也對，要我們愁來幹什麼？有的是臭男人啊！」

◇　◇　◇

一個上午，各種流言風雲突變。

滿城的皇榜和索羅定的人馬顯然顯現出了功效，不少人都開始議論——是否有人存心陷害三公主唐月茹？而首當其衝被懷疑的，就是皇后和麗貴妃。

誰都知道宮廷之中難免有鬥爭，現在風頭最勁的就是麗貴妃，不過索羅定畫的那兩個人大鬍子、歪辮子，看著像是外族。

於是流言又紛紛揚揚——是不是外族搗亂呢？

「你說，會不會要打仗了啊？」

「不至於吧，可能只是針對唐月茹。」

「月茹公主平日可能比較嚴肅，有人看不過眼她吧。」

「真可憐啊。」

「女孩兒名譽很重要的嘛！更何況她還是長公主！」

「看今晚的壽宴吧。」

「話說回來，無論是與不是，三公主都好無辜！」

「是啊！又不是她的錯。」

人實際上是偽善的動物，本性分成兩種，一種是惡，另一種就是非惡。非惡未必就是善，這世上真正善良的人也不太多，但是分辨得出對錯的人卻是多。

換句話說，很大一部分人善，是因為他們知道善是對的，惡是不對的。也就是這樣的人，他們心裡怎麼想的沒人知道，背地裡怎麼說的也沒人知道，但是明面上說出來的話，必定是站在善這一邊的。

於是，流言的風向也變了，大多數人開始同情唐月茹。

而另外，對於昨晚花會的事情，眾人的矛頭指向了唐星治。這位一向沒什麼大過錯、也不算討人嫌的王子，一下子成了眾矢之的。

唐星治也挺生氣，自己平白無故被人冤枉！但是轉念一想，他倒是不怎麼糾結了，看看索羅定，自己這點兒算什麼事？

下午的時候，索羅定又畫了幾張通緝惡人的皇榜，還詳細的畫出了被砍斷的竹竿……

一時間，各種陰謀論甚囂塵上。

皇城百姓一天到晚八卦的都是些無關痛癢的家長里短，今次竟然涉及到陰謀陷害了，這還不炸開了鍋？整個皇城的人都拿自己當臭皮匠了，三三兩兩聚在一起準備趕超諸葛亮。

同樣的理由，今天晚上本來年年都有的壽宴，卻變成了傳遞出各種真相、說不定還會出大亂子的鴻門宴。唐月茹會不會一朝從枝頭鳳凰掉落凡塵做土雞、從此萬劫不復，就看今晚了……

往年每年宴會之後都會放煙花，皇上會和皇后娘娘到城樓和百姓們見個面什麼的，公主們也會一起上來，不知道今年會怎麼樣，唐月茹還能上得了那城樓嗎？

◇　◇　◇

晌午的時候，索羅定跑回來了。

眾人見他跑得還挺急，進院子先喝水。

「索羅定。」白曉月蹦躂著過來了。

「嘖！」索羅定一看見就皺眉，不悅道，「輪椅幫妳找著了，就壞了一點，妳哥拿去修了。妳給我去房裡躺著別到處蹦躂，跟隻兔子似的。」

白曉月已經蹦到他身邊了，就問，「怎麼樣啊？」

「嗯，還在查呢。」索羅定一攤手，「不過情況沒想像中糟糕，今晚吃個飯估計著就沒事了。」

「那……皇上有沒有說什麼關於月茹姐姐的事情啊？」白曉月試探著問。

索羅定想了想，點點頭。

白曉月見他面色不是太好，就問，「那……」

「唐月茹恐怕這一輩子都要背負這種懷疑活下去了。」索羅定淡淡道。

白曉月張了張嘴，又問，「為什麼啊？」

索羅定看了看左右，湊過去，單手捂著白曉月的耳朵，很輕很輕的跟她說，「其實當年，先皇的妃子是從皇上手上搶過去的。」

白曉月張大了嘴，不敢置信，「該不會……」

「總之這裡面不涉及誰對誰不忠的問題，先皇橫刀奪愛之前，月茹的娘就已經有了皇上的骨肉了，而先皇也沒有生育能力，所以對月茹比親生女兒還寵愛。」索羅定笑了笑，「她是真真正正的長公主，只可惜……」

白曉月明白了，「這事情不能說出來！」

「對啊。」索羅定無奈，「說出來，月茹自己知道了彆扭，後宮可能會大亂，天下百姓更可能會覺得皇室亂倫。」

「月茹姐姐豈不是要被人家懷疑一輩子？」白曉月皺眉，「皇上這爹也做得太不厚道了。」

「所以他才會無論如何都要撮合月茹和白曉風，寵上天估計也是一種補償吧。」索羅定一笑，「皇后娘娘和麗貴妃大概都心裡有數，所以才會睜一隻眼閉一隻眼，反正月茹是個姑娘，又不能繼承皇位。」

「那這次事情幕後究竟是誰？」白曉月好奇。

「這個嘛……」索羅定一臉的諱莫如深，「唉，總之是頭大。」

◇◇◇

天很快暗了下來，整個皇城的人開始津津有味的談論今晚的晚宴，而今晚要參加宴會的人，卻是各有各的心事。

唐月嫣換了一身隆重的公主裝扮，有幾分皇家的貴氣。

唐月茹一直在屋子裡沒出來，眾人也不敢去打擾她。

唐星治今天出奇的換了一身戎裝，似乎是皇后吩咐他這樣穿的，他一身黑袍，金色的軟甲穿著十分神氣。

他往院子裡一站，胡開在一旁拍手，讚道，「帥氣啊星治！」

「是嗎？」唐星治看這自己的衣服，語帶懷疑，「我怎麼覺得有點傻氣……」

說話間，索羅定和白曉風從外面走了進來。

索羅定拖著白曉月那輛修好了的輪椅，一眼看到唐星治了，「噗」一聲。

唐星治就皺眉頭，不滿，問道，「你笑什麼？」

索羅定搖頭，「你這樣子要是上戰場肯定不戰而勝。」

眾人都愣了愣，不太確定索羅定是誇唐星治呢，還是調侃他。

「什麼意思？」石明亮不解。

索羅定指了指唐星治，「這金燦燦的多晃眼啊，陽光一曬把對方敵將晃暈你就成功了。」

唐星治撇了撇嘴，生氣。

石明亮還是不太明白，問胡開，「那究竟是讚還是貶？」

胡開也無奈，「其實……是不是隆重了點？」

葛範也摸著下巴點頭，「總覺得好像暴發戶一樣，好俗氣。」

「是太新了。」索羅定到了桌邊坐下，摸湊上來的俊俊，「把腰帶換了估計能好點。」

唐星治摸了摸那條金色的八寶玉帶，說，「我就這麼一條。」

索羅定想了想，到房間裡拿出一條普通牛皮、套著不少鐵箍的腰帶來，交給他。

唐星治捧著看了看，胡開等人也都湊過去端詳，忍不住驚呼——好帥的腰帶！

「牛皮黑得好好看！」葛範見慣了好東西，伸手摸，問道，「為什麼會有黑紅色的花紋？」

「是狼血。」索羅定開口，眾人驚得一縮手。

索羅定撇嘴，不屑道，「瞧你們這點出息。」

唐星治捧著看了半天，就見這腰帶挺有些異域風情的，鐵箍都鑿成狼牙的形狀，還有狼頭的鐵環，是用來掛刀的。

「你哪裡弄來的？」唐星治解開自己的腰帶，換上這一條。

「我跟一個西域番僧玩摔角，他輸給我的。」索羅定架著腿道，「那凶僧一生殺狼為樂，每次殺狼都用這條皮帶擦帶血的刀，總共佩戴了三十多年。你那一身金燦燦的哪裡像真正打過仗的？這腰帶殺氣重又沉，什麼浮誇的佩飾都能壓得住。」

唐星治一戴上，整個人立刻不同了，從花裡胡哨戲班大將軍一下子變成了沉穩霸氣的皇族武將。

「你還挺有品味的嘛！」胡開問索羅定，「這腰帶給星治了，你穿什麼？」

索羅定一手托著腮幫子一手拿著個茶壺，大剌剌架著腿喝茶，「反正不會光著去的。」

「你每次都一件黑布衫，不怕人笑你？」唐星治瞧了瞧索羅定，覺得欠他個人情似的，「不如這樣，你借我腰帶了，我借你件好看點的衫，怎樣？」

索羅定看了看他，突然笑了。

唐星治被他笑得有些發毛。這人從來不好好笑，不知道是不是臉上五官太突兀的原因，他笑起來帶著這麼幾分邪氣，好似玩世不恭又好似在打什麼壞主意。

「你笑什麼啊？」唐星治撇嘴，「要不要？」

「免了。」索羅定拿著茶壺說得慢條斯理，「爺穿件破布衫人家也知道我是將軍，你不戴金腰帶人家也知道你是皇子。有些東西是天生的，不用拿布料襯托。」

「咳咳……」石明亮喝著茶被嗆到了。

唐星治一張臉有些熱，瞪索羅定——說話這麼欠揍！

一旁白曉風注意的則是眾人身後、在丫鬟攙扶下蹦躂過來的白曉月。

白曉月剛進院子裡正好聽到索羅定和唐星治的對話，白曉風就見她捂著胸口那樣子像是快不行了，滿眼的表情都是——大英雄大英雄！好帥好霸氣，什麼皇子王爺貴公子，統統死開！

白曉風扶額，難道真的要認索羅定做妹夫？

◇　◇　◇

曉風書院的馬車浩浩蕩蕩進了皇宮。今天皇上壽誕，凡是能來的官員都來了，不能來的也趕來了，在城門外守著都好。

於是皇宮門口熱鬧非凡。

這世上總是有會見風使舵的人，看每年進宮時，被簇擁的最厲害的幾個，基本上就是最得勢的。

白曉風向來每年首當其衝，當然了，圍他套近乎的官員比較少，官員千金比較多。而唐星治就是被官員們圍得最厲害的，連同他幾個兄弟也都是有頭有臉。索羅定是每年都有很多人想圍但是誰都不敢去圍的，於是他推著白曉月走得還挺悠哉。

今年多了一個岑勉。

桂王獨占一方，有權有勢又與皇上交情甚厚，身為小王爺的岑勉自然是被人高看一眼。再加上盛傳他會與唐月嫣定親，那就是未來駙馬爺！此時不拉攏更待何時？

有不少會來事的都前後簇擁著他和唐月嫣，想將兩人往一起擠。

反而是每年都好多人圍的唐月茹，今次冷冷清清，被擠在最外面。

唐月茹獨自往皇宮走，岑勉想從人群裡出去，陪到唐月茹身邊，但是發現他一往外走，不少人就跟著他，有些甚至撞到了唐月茹，害得她只好停下來避讓。

岑勉來氣，但是又幫不上忙，幸好索羅定讓唐月茹走在了白曉月旁邊，他推著白曉月的輪椅，周圍誰也不敢靠近。

唐月嫣邊走，邊不時的看看岑勉，又看看白曉風。

白曉風對這一切早就麻木了，只是快步往前走，儘快進宮就能儘快擺脫這些人，他不曾留意最後的唐月茹一眼，更沒有留意自己一眼。反觀岑勉，一雙眼睛都不曾從唐月茹身上移開，滿滿當當的擔心。

唐月嫣輕嘆了口氣，她突然想到，自己最近這幾天似乎經常嘆氣，莫名不開心了起來。

她邊走，身邊就傳來幾個姑娘竊竊私語的聲音，「準備好了？」

「好了！」

「哼，今天看她出多大糗！」

「就是，叫她平時裝聖女。」

「野種吧。」

「嘻嘻。」

唐月嫣轉眼望，但是身邊人太多，她也找不到是誰在說話，但是……看來今天有人想整唐月茹。

唐月嫣今天感覺比平日火氣更大一些，心說那幾個賤婢不管是官家千金還是郡主，誰今天敢欺負唐月茹，她就狠狠教訓她們出出氣。

岑勉太擔心唐月茹，沒站穩，被推了一個趔趄，差點撞到唐月嫣。

唐月嫣突然瞪了他一眼，驚得岑勉連退好幾步——七公主今天心情似乎前所未有的壞！

「其實……」白曉月突然抬起頭問身邊唐月茹，「患難見真心，我都沒見月嫣這麼躁過，這幾天她為妳跟人急眼了好幾回了！」

唐月茹微微愣了愣，隨後淡淡一笑，「是呀，有些事情，要比一下才能知道自己真心想要什麼的。」

白曉月歪過頭，望著唐月茹。

索羅定也看了看她，突然覺得很好笑——其實這次的騷亂，所有人都拿唐月茹當弱者，可有沒有人想過呢？有些女人，從來沒當自己是需要別人保護的那一個，因為她除了有能力保護自己，同時還可以保護別人。

◇　◇　◇

進宴席的路也不是多長，人群漸漸找到了自己的位置，散開。

照例，皇子和公主都是最後入席的，要給父皇祝壽。

群臣看到皇上帶著皇后和幾位妃子一起走進來，立刻一起行禮賀壽。

今日皇上心情非常好，叫眾臣平身，和皇后一起入座。

幾個皇子按照排序，進來給皇上賀壽。大皇子和二皇子也趕回來了，不過都盡量低調，不聲不響的也就過去了。

四皇子今天起來了，往席間一走，眾人都好擔心他一會兒突然死了該怎麼辦，這氣若游絲、面色蒼白的樣子，瘦得就剩一把骨頭。

唐星治和唐星宇兩兄弟最後走上來。

兩人身高差不多，然而往席間一走，氣度卻是大不同。眾臣子大多笑而不語——高下立辨！

唐星宇今日打扮挺隆重，穿了一身絳紫色的袍子，非常得體，且不張揚。即便他容貌只算一般，但這身衣服一穿，立馬顯出了幾分貴氣來。

本來唐星宇這一身打扮一定是鶴立雞群的，偏偏唐星治今天一身戎裝，特別是他腰間那條霸氣的腰帶，顯得他整個人既沉穩又英武。

皇后娘娘眼前一亮，甚感欣慰，趕緊轉過臉看了看不遠處坐在桌邊正東張西望的索羅定。

皇上也被唐星治震了一下，忍不住心情又好了幾分。這兒子一轉眼已經長大了啊，好威武！

唐星治和唐星宇一起走了上來，給皇上賀壽。皇上笑著點頭，跟他們倆說了幾句話，還問唐星治，「兒啊，你這腰帶神氣，哪裡來的？」

唐星治也沒隱瞞，道，「哦，索……索將軍給的。」唐星治險些咬到舌頭，還好沒脫口而出「索羅定」。

索羅定端著杯子繼續喝茶。

麗貴妃滿意的點點頭，皇后也開心。眾臣彼此使了個眼色——得，又下一城！

皇上笑著讚許，「我兒看來與索將軍甚是投緣啊，哈哈！」

唐星治嘴角抽了抽，看了索羅定一眼，就見索羅定撇著嘴點頭——可不是嗎？投緣著咧。

唐星治哭笑不得。

王子之後，進來的就是公主了。皇朝也就兩個公主，一個唐月茹、一個唐月嫣，年歲相差不少，都是大美人。

眾人此時都有些緊張了起來，望著外面。唐月茹和唐月嫣很快並排走了進來。

兩人還是一如既往的明豔動人，唐月嫣顏色鮮豔一點，唐月茹顏色淡雅一些，可奇怪的是，唐月嫣板著臉，唐月茹倒是很自然。

皇上和皇后對視了一眼，身後麗貴妃皺眉看唐月嫣，心說這閨女越來越不像話了，給她父皇賀壽竟然板著臉！

兩姐妹到了皇上座前，給皇上賀壽。

皇上點頭誇她們倆是一天漂亮過一天，態度和藹一副慈父樣，和往日完全沒不同。皇后也是一口心肝一口肉誇著閨女倆，跟對待唐星治時候的嚴肅樣子完全不同。

眾臣也看不出個所以然來，就看一會兒皇上上城樓見百姓的時候，站哪個旁邊了。

白曉月替唐月茹捏把汗，一會兒不知道會不會有人起鬨或者說些難聽的話。

唐月嫣轉身，拉著唐月茹的手就席，坐自己旁邊。

麗貴妃微微愣了愣，皇后也有些吃驚。

皇上則是笑著點頭，「哎呀，這一年年過生辰，朕最開心的事，莫過於看到孩子們一點點長大了。」

皇后點點頭，給皇上倒酒，邊偷眼看了看岑勉。

岑勉一雙眼睛時不時偷看唐月茹，而坐在他旁邊的白曉風，端著酒杯，似乎只是在走神。

皇后了然一笑，舉杯向皇上祝酒，喝完酒後宣布壽宴開始。

群臣這一個月吃了好幾回皇家晚宴了，熟門熟路，且今天掛著八卦，邊吃邊不約而同的注意這邊唐月茹的動靜。

唐月茹一貫淑女，坐得很穩。身邊唐月嫣用手替她剝螃蟹。

在座的不少千金彼此對視了一眼，都覺得新奇。唐月嫣出了名的嬌貴，她自己吃螃蟹估計都不肯自己動手，竟然幫唐月茹剝螃蟹，難道傳言有誤，或者有別的什麼蹊蹺？

麗貴妃驚訝的看著唐月嫣的舉動，心說這嬌蠻丫頭開竅了不成？正納悶，一個小丫鬟給麗貴妃送上皇上給她的點心。

麗貴妃拿著點心，有些茫然的抬頭看前面，皇上對她點點頭，那意思——這閨女最近懂事不少啊，看來是妳教導得好。

麗貴妃可是又驚又喜，她也不明白平日主意特別多、從來不聽話的唐月嫣，今天是怎麼了。

白曉月也覺得有些奇怪，正想問索羅定是怎麼回事，卻見索羅定低著頭，半個腦袋都在桌子下面，不知道在幹嘛？

白曉月歪著頭往桌子下面看，只見索羅定正拿著一塊魚肉餵貓，這貓可能是宮裡的，正坐在索羅定腳邊吃魚呢，邊吃邊蹭他。

白曉月戳戳他，說，「正經點。」

索羅定抬頭，嘴裡還叼著個魚尾。

白曉月板起臉——禮儀！

索羅定眼皮子抽了抽，替白曉月夾了一筷子菜。

白曉月臉色立馬軟化下來了，捧著碗吃菜，又夾了塊魚肉給索羅定，讓他接著餵貓。

白曉風就在一旁看著呢，有些納悶，這兩個怎麼一股兩小無猜的勁？

◇◇◇

酒過三巡，眾人就自在了，三三兩兩聚攏談天說地。

唐月茹正吃飯呢，就有一個姑娘過來給她和唐月嫣祝酒。

這是常有的事情，這兩個公主身分尊貴，那些王公貴族的千金都會過來套近乎。

唐月茹和唐月嫣如往常一樣應付。不知道是不是唐月嫣以及皇上的態度，讓這些姑娘們都很收斂，總

之到目前為止，還沒有什麼意外的狀況發生……

「呀！」

不知道是誰，在祝酒的時候不小心碰翻了醋碟子，唐月茹的裙子上沾了一條長長的醋痕。來祝酒的人趕緊道歉，倒也看不出是不是故意的。

岑勉有些緊張，往這邊看，身邊白曉風也看了一眼。

「月嫣啊，陪妳姐姐去換件衣服。」皇后開口。

唐月嫣就拉著唐月茹去換衣服。

換了衣服，唐月茹卻是不想走了，可能喝多了幾口酒，又或者是因為酒席上那種探究的目光太過刺目，於是就說想在院子裡的涼榻上靠一會兒，等待會兒宴會差不多結束的時候再過去。

唐月嫣想想也好，省得麻煩，於是就留下唐月茹，自己回去繼續吃飯。

岑勉等了半日，就見唐月嫣回來了，沒看到唐月茹，有些擔心，問，「妳姐姐呢？」

唐月嫣白了他一眼，沒好氣的回了一句，「乏了，說睡會兒再過來。」

「哦……」岑勉點點頭，覺得不回來也好，省得被人煩。

索羅定吃飽喝足了，人有三急，就起來要去方便下，順便透透氣。繞過幾個院子，索羅定也轉暈了，好不容易找到個茅廁，趕緊鑽進去方便。

剛剛方便好穿褲子呢，就聽外面傳來說話的聲音，「都準備好了沒？」

「好了！她好像睡著了。」

「那正好！」

腳步聲跑遠了，索羅定推開門看了看，院子裡沒人，剛才應該是幾個女孩兒在說話。他沒往心裡去，轉著圈，準備回去……不過這皇宮的路也太不好認了，又兜兜轉轉了幾圈，就聽到迎面有腳步聲傳來。

索羅定一聽正好，問個路，正想開口，就看到兩個打扮得體的姑娘急匆匆跑了過來。

雙方打了個照面，還沒等索羅定問路，兩個姑娘突然驚得一捂嘴，差點喊出聲來，似乎是被他嚇了一跳，隨後白著臉趕緊跑了。

索羅定嘴角抽了抽，伸手摸臉——我長得有這麼嚇人嗎？

再想想，那兩個姑娘很面熟，似乎是剛才晚宴上的。

索羅定覺得正好，跟著她們不就回去了嗎？他抬腳剛想走，就見岑勉小跑著過來了。

索羅定一眼看見他，更樂了，就說，「找茅房啊？在那邊。」

岑勉莫名其妙，「不是，我來找月茹姐姐的。」

索羅定眨眨眼，就見岑勉從身邊走過去，進入院子。

索羅定往裡望了一眼——原來後面是唐月茹的院子。院子裡一張軟榻上，唐月茹正睡著呢，蓋著條毯子。

索羅定微微皺了皺眉頭——剛才那兩個女的，莫不是從月茹的院子裡出來？鬼鬼祟祟的看到自己嚇成這樣，別是幹了什麼壞事吧？

岑勉進了院子，走到唐月茹身邊，小聲叫她，「三皇姐？」

他叫了兩聲之後，唐月茹醒了過來，伸手摸摸脖子，似乎睡得還不太舒服，看到是岑勉，笑了笑，問他，「怎麼了？」

「皇上找妳呢。」岑勉小聲說，「一會兒放煙花了，所有公主、郡主都要上城樓看……」

唐月茹點了點頭，倒是明白了。

這儀式每年都有，說好聽點是上城樓看煙花，其實也就是選美或者比美，那些小姐們精心打扮就是為了這一刻。皇城百姓遠遠在下面看著，這一眼，可能關係著明年各種美人兒的排名，對那些小姐們未來嫁入豪門也有大用處。

唐月茹實在是不想去，一來無聊，二來可能要接受全城百姓探究的目光……

「妳如果不想去，我幫妳去說吧。」岑勉突然開口。

索羅定抱著胳膊在一旁看著，他發現唐月茹似乎沒什麼異樣，倒也放心了，那兩個姑娘可能剛才只是路過吧。

這時候，身後有響動。

索羅定回頭，就見唐月嫣也來了。看到裡面岑勉正和唐月茹說話呢，她就沒進去，站在門口等著，站索羅定旁邊。

索羅定瞧了瞧這丫頭，突然想到之前白曉月跟他說的，不知道為什麼，突然覺得唐月嫣長大了些。

唐月茹坐在軟榻上，看著身邊的岑勉。

岑勉蹲在一旁，伸手幫她撿起脫在一旁的鞋子，小聲說，「妳如果不想去，就不用去，不用去做讓自己為難或者不開心的事情。」

唐月茹愣了愣，看著他，良久，嘆了口氣，說，「有些時候身不由己的。」

岑勉抬起頭，似乎鼓起勇氣，說，「不需要的，不需要逼自己去做些委曲求全的事情。」

唐月茹微微笑，伸手摸了摸他頭，「就你最貼心。」

岑勉搖搖頭，「我說真的，如果姐姐不想住在皇城，或者在宮裡覺得受委屈，都不需要忍耐，告訴我，我可以幫妳料理好。」

唐月茹忽然很感興趣的問，「要怎樣料理好？」

「嗯……」岑勉想了想，道，「如果妳討厭皇城的流言蜚語，我可以帶你妳去別的地方住。如果妳覺得很孤單，我可以找很多人來陪妳。要是有人欺負妳，我可以保護妳的，妳不需要什麼都自己一個人扛下來。」

唐月茹盯著岑勉看了良久，笑了，又伸手摸了摸他腦袋，低聲說，「勉兒你人真好，以後誰若是能嫁給你，一定是天底下最幸福的人。」

岑勉盯著唐月茹看，到了嘴邊的話，始終還是嚥了回去。

索羅定看了看身邊的唐月嫣，就見她咬著牙跺跺腳，似乎生氣了。

唐月茹笑了笑，道，「其實有時候真的會覺得有些疲累，不過我不能走，這裡是我的家。」

岑勉點了點頭，幫唐月茹將鞋子穿上。「可妳不開心的話，還是要告訴我，我幫妳想辦法解決！還有，誰欺負妳，也要告訴我！」

唐月茹點點頭，伸手捏了捏他臉，就跟小時候一樣。

索羅定就聽身邊唐月嫣輕輕的嘆了口氣。

索羅定轉眼看她，唐月嫣也仰起臉看了看索羅定。

索羅定確定這不是自己能理解的範圍，於是也懶得理會。話說……誰能帶他回晚宴那個院子，他又分不清楚方向了。

「你覺得曉月怎麼樣？」唐月嫣突然開口。

索羅定微微一愣，瞧著唐月嫣。

唐月嫣一抱胳膊，上下打量了下索羅定，就說，「裝瘋賣傻揣著明白當糊塗是吧，小心被雷劈！」說完，氣哼哼走了。

索羅定嘴角抽了抽——這丫頭怎麼了，這麼大火氣？

「記住沒？」

索羅定回頭，程子謙拿著紙筆靠在他身後，提醒，「小心被雷劈！」

索羅定拉住他拖走，「正好，你認得路的哦？」

程子謙被拖著走，嘴裡還說不停呢，「我說老索啊，你看看人家郎有情妾無意的多慘啊，好不容易你這兒有個妾有意的，你好歹郎有情一下嘛。不是時時刻刻都有這種好運從天上砸下來的，這朵桃花要是謝了，你下一朵還不知道猴年馬月才能開呢！」

索羅定真想對著他的臉踩上一腳。

◇　◇　◇

回到前院，姑娘們都躍躍欲試了，誰都知道今年唐月茹估計不行了，唯一的勁敵就是唐月嫣。而盛傳唐月嫣和岑勉快定親了，於是乎，年年被這兩個美人甩在身後的眾多姑娘們都看到了曙光。

唐月嫣以往每年對看煙花都是興致勃勃、熱情高漲的，畢竟性格好鬥。但是今天不知道為什麼，打不起精神來。

岑勉陪著唐月茹過來的時候，煙花差不多就快要開始放了。

眾臣也早早離席，所有人都聚攏到城門的位置。

索羅定在後面推著白曉月的車子，笑問，「妳想不想上去？」

白曉月嘟個嘴，不悅道，「我怎麼上去啊？蹦躂上去呀？」

索羅定失笑，「我推妳上去唄。」

白曉月笑咪咪，一擺手，拒絕了，「不用了，我才不在乎呢，往年我也不參加的。」

「也是啊，每年那些個什麼美人榜妳都排不上名次去，沒理由的，妳又不輸給唐月茹和唐月嫣。」索羅定說得隨口。

白曉月眼睛都笑彎了，問，「是嗎？」

「咳咳。」索羅定咳嗽一聲。

「我每年都不參加的。」白曉月搖搖頭。

「為什麼？」索羅定不解。

白曉月想了想，自言自語了一句，「女為悅己者容嘛。城樓下面沒我的悅己者，我何苦打扮得漂漂亮亮去給人家看。」

索羅定低頭看著她黑忽忽的腦袋。

「再說了……」白曉月靠在椅背上，單手支著手把，托著下巴繼續自言自語，「就算天下人都覺得妳漂亮又有什麼用？心上人說妳漂亮，才是真漂亮！」

索羅定抬起頭，就見前面唐月嫣走在隊伍的後面，和唐月茹差不多並排慢慢的走著，前面一大群鬥志昂揚的姑娘。

索羅定忽然笑了。

「笑什麼？」白曉月仰起臉問他，順便給了他一個美美的笑容。

索羅定搔了搔腮幫子，抬起頭看天，也自言自語了一句，「這天不像是會打雷的樣子哦？」

白曉月讓他逗樂了，笑咪咪說，「不過今年的煙花比較特別。」

索羅定看了看她。

白曉月心說——今年有人陪著一起看呀。

◇　◇　◇

上城樓的路還挺長的，要上一個高高的臺階。唐月茹和唐月嫣一起往上走，剛走了沒幾步，唐月茹突然一個趔趄。

「怎麼了？」唐月嫣一把扶住她。

「腳有點痛……」唐月茹低頭看了看鞋子，似乎有些緊，不太對勁，腳底也有些痛。

唐月茹又走了兩步就走不動了，怎麼鞋子越走越緊呢？鞋底是塞了什麼東西嗎，這麼硌腳呢？

此時她們都上了城樓了，要不然就往上走，要不然就走下來……不過皇城其他官員都在下面看著。唐月茹是淑女，總不能抬腳把鞋子脫了光著腳走吧。

這時候，身邊有幾個姑娘走過，都忍著笑。

唐月嫣一皺眉，原來是她們！她想追人，不過當務之急是給唐月茹換雙鞋，於是回頭看。

岑勉就在身後不遠處呢，上來問，「怎麼了？」

「我姐的鞋子不舒服。」唐月嫣看了看就快走完的人群，如果這會兒不上去，一會兒煙花就開始放了。如果今晚唐月茹沒上牆頭看煙花，估計明天她是野種的傳聞就要傳遍整個皇城了。

「鞋子？」岑勉不解。

索羅定就在下面一點，看得真切，想了想——莫不是剛才那幾個丫頭趁唐月茹睡著的時候，在她鞋子裡做了什麼手腳？

「我房間裡有鞋！」唐月嫣推了岑勉一把，說道，「你趕緊去，叫我丫鬟拿給你！」

「哦！」岑勉飛奔下樓，衝了出去。

岑勉的動作跟一起往前走的人群形成了鮮明的反差，眾人都有些不解的看著他。

唐月嫣站在臺階上，就看著岑勉邊走邊撞人，撞了一個趔趄，趕緊點頭道歉邊急不可待衝出了院子。

桂王就在不遠處看著，一臉茫然——他兒子幹嘛呢？

白曉月推了推索羅定，問，「出什麼事了？」

索羅定搖搖頭，沒說話，再看一旁……白曉風望了一眼城樓上靠在牆邊等待的唐月茹和唐月嫣，又看了看遠去的岑勉，微微挑了挑眉。

眼看著姑娘們都上城樓了，唐月嫣著急啊，這跑去後宮挺遠的路呢，再說岑勉還一路撞人。

又等了一會兒，遠遠就看到岑勉捧著一雙鞋子飛快的跑回來了，但是被密密麻麻的人群擋住了。

唐月嫣站在高處，就見岑勉用力往裡擠，扒拉開人群，帽子也歪了，衣服也不似剛才那麼整齊，身邊的人還不解的看他——不明白斯斯文文的小王爺怎麼突然瘋了。

唐月嫣快步下樓，但是人群還是擋得密實，她也過不去。

麗貴妃站在不遠處的一個高臺上，看得真切。

身邊幾位妃子還不解呢，「嫣兒怎麼下來了？」

麗貴妃看了良久，微微笑了笑，「嫣兒長大了。」

唐月茹站在樓上，看著下面的情況，岑勉擠得一臉狼狽、一身的汗，唐月嫣急得在另一邊踮著腳張望。

唐月茹突然有些困惑，覺得自己是為了什麼呢？岑勉剛才說的話，突然又在耳邊響起——如果有什麼不想做的，不要去做，不要為難自己。

正想著，忽然旁邊又一個姑娘過去，不知道是有意還是無意，撞了唐月茹一下。

唐月茹一個趔趄，就覺得腳疼，險些往後仰摔倒。

正這時，一隻手一把抓住了她的胳膊。唐月茹一驚，就看到白色的衣袖，抬頭看。

白曉風扶著她。

唐月茹看著白曉風，忽然有些鼻酸，就聽白曉風問，「怎麼了？」

唐月茹覺得眼淚快忍不住了，說，「腳疼。」

「忍著。」

出乎唐月茹預料，白曉風沒有安慰她，也沒讓她別走了，而是語調平緩的說了兩個字，跟平日沒什麼兩樣。

唐月茹看他。

白曉風抬頭看了看上面已經站好了位置的眾多姑娘，對唐月茹說，「別讓她們看到妳哭。」

白曉風的一句話像是有某種魔力，唐月茹已經在眼裡滾動的淚珠回去了，她用力睜大眼睛，忍住淚水。

之後，白曉風伸手抓著唐月茹的手，讓她挽著自己，拍了拍她手背，帶著她往上走。

下面圍觀的人群幾乎發出歡呼聲……白曉風親自帶著唐月茹上城樓看煙火，這意味著什麼！

「哇！」白曉月拍手後捂著嘴，「大哥好樣的！」

索羅定仰臉看著，道，「這也並不代表白曉風喜歡唐月茹吧？」

白曉月回頭看他。

「還是照樣曖昧。」索羅定雙手撐著白曉月的輪椅椅背，說，「他可能只是覺得這樣很好玩。」

白曉月的手緩緩放下，問索羅定，「其實你和我哥哥一點都不像，不過你為什麼那麼了解他？」

索羅定一笑，「他跟我不一樣，因為他剛好跟我相反。」

唐月茹挽著白曉風的胳膊，忍著腳下的疼痛，咬著牙走上了城樓。雖然越走腳越疼，但每一下刺痛，都似乎在提醒她，讓她也覺得更有勇氣。

唐月茹最終，和白曉風一起走上了城樓。此時，她覺得自己比以前任何一天，都更堅定。

「啪」一聲，煙火上天。

唐月茹站在最高處，和白曉風站在一起，煙火璀璨的夜空下，兩人成了城樓上最靚的一道風景。城樓下，全城的百姓都忍不住歡呼，也許是在驚嘆煙火的美麗，也許是在慶祝皇帝的壽辰，又或許，是在為這對天造地設的俊男美女所祝福……

這一刻，所有人都知道，唐月茹贏了。她贏了在場所有的女人，無論什麼流言都已經不再重要。煙火下，唐月茹轉臉看了看身邊無所謂的靠在牆頭看煙火的白曉風。

她再一次確定，自己有多愛這個男人！無論他是否愛自己。

感情這種事情就是這樣，白曉風看似無情，卻是最了解她。他讓她忍耐，保住的不只是她的身分地位，不只是她的尊嚴，還有一個完整的、屬於她的世界。無論日後怎樣的變化，她依然可以活在自己的世界裡，她可以保護好自己，而不需要依靠他人的庇護。

唐月茹相信，感情是可以由時間一點點建立起來的，但是也可以因為時間一點一點的被分薄。想找一個愛她的人很容易，但找一個永遠愛她的人卻難；想找一個她自己喜歡的人也很容易，但想找一個她一輩子都不會變心的愛人卻難。

她現在迷戀白曉風，卻不能保證隨著時間一點點過去，是否會自始至終為這個男人而鍾情。

一日有一天，她不愛了呢？

一旦有一天，愛她的人再也不愛她，或者她愛的人她再也愛不起來了，那她應該何去何從呢？

唐月茹懂得，如果她現在選擇離開這世事紛亂，找個愛的人隱居起來，也許可以得到暫時的平靜與幸福，但很久以後呢？如果那份情轉淡了，或者逝去了，無論問題出在誰的身上，她都將失去她的世界，從此飄零一無所有。

但現在她堅持走了上來，踩入這紛爭，迎擊各種目光，她卻能完整的保存自己！

她唐月茹從來都是強者，不是需要躲避在誰的庇護之下的嬌花。

唐月茹看了看白曉風——這個男人也許永遠都不會那麼愛她，但她明白自己是喜歡這個人的。不管以後會變成什麼樣，但起碼現在很喜歡！

現在，她的勇氣在！於是唐月茹覺得，在沒有失去這份勇氣之前，起碼應該伸手抓住一次，哪怕被推開呢？！都已經忍著疼走上來了，她還有什麼可怕的？

白曉風正仰臉看著煙花，突然就感覺手上溫熱。低頭一看，唐月茹的手，正輕輕抓著他的手。

白曉風抬頭看了看她。

唐月茹臉頰微紅，手指抓著他的手，不願放開。

白曉風看了她一會兒，突然笑了，湊過去，在她額頭親了一下，低聲說，「這是給妳的獎勵。」

隨著白曉風的這一個動作，城樓下的群臣以及滿城百姓都哄鬧了起來，不少人歡呼尖叫。

白曉月抬頭看看索羅定，問，「這樣都不算示愛啊？」

索羅定摸了摸下巴，難以理解，「哎呀，白曉風這個人真是不可捉摸。」

白曉月微笑。

話又說回來，有笑的，自然也有哭的。

眾人下意識的去看站在城樓下面沒上去的唐月嫣。

只見唐月嫣呆呆站在城樓下，腮幫子上掛著晶亮的淚水，在璀璨眼花的映襯下，特別清晰，哭得梨花帶雨的樣子，惹來了不少人的心疼。

「月嫣好像很傷心啊。」白曉月忍不住嘆氣，「可惜啊，哥哥只能選一個。」

索羅定看了看她，突然問，「妳確定唐月嫣看的是白曉風和唐月茹嗎？」

白曉月愣了愣，順著唐月嫣望的方向望過去。

就見在城樓前面長長的臺階當中，站著個男人，衣冠不整，還喘著氣，雙手捧著一雙鞋子，仰臉望著城樓上方白曉風和唐月茹的背影。乾淨的眼睛在煙火底下，透著隱隱的傷懷，嘴角卻是彎起淺淺的弧度，很淡、很淡的笑著。

唐月嫣一直用手背擦著臉，眼淚止都止不住，不知道為什麼……

夏敏和元寶寶都去安慰唐月嫣，她們倆還沒見唐月嫣哭得那麼厲害過呢，話說回來，今晚不知道有多少姑娘要哭成淚人了。

程子謙蹲在索羅定身旁，奮筆疾書，嘴裡嘟嘟囔囔，「太精彩了啊！簡直是皇城八卦史上最光輝的一

頁！」

索羅定搖頭笑了笑，抬頭看占滿了星空的漫天煙火，低頭……就看到白曉月那丫頭抬頭，正看著他呢，眼裡的煙火，可不比夜空中的遜色。

索羅定正看著，突然身後程子謙抬手按住他腦袋往下一壓，「你主動點會死嗎？！」這一下，索羅定低著頭，白曉月仰著臉……不偏不倚，正好兩張嘴碰到了一起，親得那叫個結實。

索羅定明白過來後趕緊抬起臉，捂著後腦瞪程子謙。

程子謙推他，讓他看看白曉月，「哎呀，要不行了！」

索羅定一愣，回頭，就見白曉月鑽進披風裡去了，縮在輪椅上蹭來蹭去，樣子跟隻糾結的貓似的。

「是不是撞到了？」索羅定要看看她撞壞了沒。

白曉月用披風捂著臉不動彈，兩隻耳朵緋紅，火燒似的。

索羅定也不逼她抬頭了，仰起臉繼續看煙火，舌頭下意識的舔了舔嘴——嗯，感覺還不賴。

第九章 終極八卦永不解

晚宴進行得異常順利，最後皇上還和唐月茹一起上了城樓，算是徹底打破了傳言……不管皇城百姓信也好、不信也罷，這傳言終歸只能是見不得光的傳聞了。

當然了，皇城百姓更感興趣的，是白曉風和唐月茹在煙火下的那一吻。

用程子謙的話說，這就是所謂的塞翁失馬焉知非福！

不過之後程子謙跟索羅定聊起這事情，兩人都有些好奇。白曉風親那一下，似乎是力挽狂瀾，是不是也算還了之前三公主幫他擺平姚惜希那件事的人情？回來之後兩人又恢復原樣那麼曖昧來曖昧去，有時候一天也說不上一句話，總之只有他們倆知道是怎麼回事。

但是，索羅定這幾天可不太好過。

白曉風那天回來之後，程子謙就跟他八卦，說你親唐月茹的時候索羅定也親曉月呢。

白曉風驚得張大了嘴……程子謙趕緊記錄，他還是第一次看到白曉風這麼吃驚的表情。

而反觀白曉月，這姑娘自從皇宮壽宴回來之後就春風滿面，幹什麼都哼著小曲兒。

過了大概小半個月，白曉月的腳好了，拆了夾板又生龍活虎，不過覺得自己肥得都圓滾滾了，這幾天開始吃素。

程子謙出了個壞主意，「曉月啊，妳要是覺得自己胖，也不用忌口不吃飯那麼辛苦，多動動就好啦。」

白曉月問，「怎麼個動法？」

「讓老索教妳功夫嘛！」程子謙一把拉過索羅定，對白曉月笑嘻嘻道，「讓他教妳一點防身術，反正

也有用！」

索羅定斜著眼睛看程子謙——多管閒事！

白曉月倒是開心的，學功夫什麼的，好有情調！

索羅定上下看了看白曉月，撇嘴，那意思——算了吧，她能學功夫，母豬都上樹了。

可惜話沒說出口，白曉月就掐上他了。

沒辦法，人家是夫子，而且最近索羅定看到這丫頭總是矮半截，好像不自覺就想遷就她。

索羅定想了想，對白曉月道，「嗯……這麼吧，紮馬步兩個時辰先。」

程子謙搖著頭就走了。

白曉月癟著嘴紮馬步，索羅定還沒數到二十，白曉月就說，「腿好痠啊，站不住了！」

索羅定無語的扶著她，「妳不是剛站住……」

「姿勢難看死了！」白曉月不滿，「換個別的學！」

索羅定一臉無辜，解釋道，「要練功當然要打基礎。妳看妳胳膊細腿細，不紮馬步怎麼練？」

白曉月瞇起眼睛，問道，「練功夫難道會胳膊粗腿粗？」

「那基本上是要粗一點的。」索羅定勸白曉月，「算了，妳還是繡花吧，功夫什麼的不適合妳……」

「那你就教我招式吧，幾招就好了。」白曉月似乎真心想學。

「這個嘛……」索羅定無奈道，「妳先紮個馬步……」

說完，被踹。

◇　◇　◇

白曉風早晨被他爹白相爺叫回了家，剛進門，就見他娘親跑過來，神神秘秘問，「曉風啊，曉月是不是有心上人了？」

白曉風微微一驚──莫非走漏風聲了？

「聽說，是那個索羅定？」白夫人似乎不怎麼相信，「是不是真的啊？」

「呃，這個嘛……」白曉風為難，怎麼說呢，點頭他娘會不會受不了刺激？

「曉風。」

這時候，白丞相從書房裡出來，背著手，表情嚴肅叫白曉風進屋。

白曉風硬著頭皮進去。他爹向來嚴肅，他也不敢違抗，整個丞相府上上下下哪個見了他都不敢大聲說話。算是最寵曉月，偶爾曉月發個小脾氣鬧個彆扭什麼的，他爹會哄一哄，其他人就免談了。

白曉風突然很想看看，索羅定真成了他妹夫，要怎麼跟他爹相處，想起來就過癮。

「是真的嗎？」白丞相問。

「嗯……」

「吞吞吐吐幹什麼？」白丞相皺眉，不悅道，「你這個做大哥的，就在你眼皮子底下，別跟我說你什麼都不知道！」

白曉風尷尬道，「好像……」

「好像？」白丞相一瞪眼。

白曉風無奈點頭，「是啊。」

白丞相聽到後，神情也比較怪異，良久，不解，「你妹妹看上他什麼了？」

白曉風想了想，說，「爹還記不記得幾年前曉月落水叫人救上來的那事？」

白丞相點了點頭。

「雖然曉月沒說過，但是那天救她的應該就是索羅定。」白曉風道，「曉月似乎鍾情他很多年。」

白丞相聽後，倒是明白了，難怪白曉月總是這個看不上、那個不想要的，原來早就心有所屬了啊。

「嗯，索羅定人品怎麼樣啊？」白丞相問白曉風。

白曉風點點頭，「不錯。」

「可是風評太差了，流言也多。」白丞相似乎還是不太滿意，「而且識字又少、沒什麼學問，我白家世代書香門第，突然找了個大將軍……」

「唉，關鍵是曉月喜歡嘛！」白夫人倒是比較開明的，這一點出乎白曉風的預料，「索羅定也不錯，高大威猛，能保護曉月的。」

白丞相沉聲不語，良久，問白曉風，「你覺得呢？索羅定是適合人選嗎？」

白曉風想了想，道，「索羅定和唐星治，爹覺得哪個好？」

白丞相微微一愣，問，「六皇子也中意曉月？」

白曉風笑了笑，說，「據我所知，唐星治進書院就是為了曉月。」

白丞相板起臉，不悅道，「這個不行！」

白夫人也一個勁點頭應和，「是啊，曉月不好嫁進皇家的！那個不好，比起來，索羅定比較好，只要他疼曉月就好了！」

白丞相想了想，又問，「那索羅定對曉月有沒有意思？為什麼不來提親？」

白曉風心說要是告訴他爹索羅定都親過曉月了，可還不清不楚沒說明白，他爹會不會上門去罵人？

「應該……」白曉風張嘴。

「什麼？！」白丞相雙目一瞪，斥道，「難道他還覺得曉月配不上他？」

「呃，這倒不是，大概是覺得自己配不上曉月吧。」白曉風趕忙打圓場。

「婆婆媽媽！」白丞相想了想，命令白曉風，「你替我安排一下，我要見見這索羅定。」

「爹，你要去書院啊？」白曉風問。

「直接去不行。反正我們倆也沒見過面，我稍微喬裝一下。」白丞相摸著鬍鬚思考著，「我要看看，這索羅定私底下人品究竟怎麼樣。」

白曉風扶著額頭——要命了，告訴索羅定說那人是白丞相，他可能還會收斂點，萬一私底下……他一口一個大爺，沒事還飆幾句髒話出來，他爹還不得嚇死。

不過白丞相向來說一不二，白曉風也沒辦法。

◇　◇　◇

這天下午，索羅定覺得天氣不錯，就是右邊的眼皮子在跳。

白曉月的腿腳好了，趕緊回家看她娘，放了索羅定一個下午的假。索羅定感覺挺歡快，決定去軍營消磨一下時間。

出門，先去對面酒館買了一壺酒，轉身剛要走，就感覺肩膀叫人拍了一下。

索羅定回頭，只見是個老頭。

這老頭風塵僕僕的，像是剛趕了很遠的路，問索羅定，「清河鎮怎麼走？」

清河鎮就在索羅定的軍營附近，索羅定伸手指了指，回答，「往前走出東城門，順著官道大概十里路左右就到了。」

老頭點點頭，「哦。」但是卻沒走。

索羅定看了看他。這老頭斯斯文文的，長得不錯，穿得也體面，應該家裡挺有錢。不過索羅定覺得有些奇怪，這裡那麼多人，有賣點心的、有開鋪子的，個個笑臉盈盈，要問路，為什麼不找那些人，偏偏找他這個看起來凶神惡煞的？

不過多一事不如少一事，索羅定也不想影響今天的好心情，於是就轉身接著走自己的路。

可走出去一段，卻發現那老頭跟著他。

索羅定停下腳步，他也停下腳步；索羅定又走了幾步，老頭接著跟。

最後，索羅定站住了，伸出一根手指頭對老頭勾了勾，問道，「唉，老頭，你跟著我幹嘛？」

跟著索羅定的是誰？正是喬裝了的白丞相。

白丞相走上前，問，「你是不是叫索羅定？」

索羅定眨眨眼，心說果然是認識他才來找他的，點頭，「是啊。」

「我跟皇城的人打聽，誰功夫最好最凶，他們都說是你。」

索羅定哭笑不得，伸手拍了拍白丞相的肩膀，說，「老頭，你要找個功夫最好又最凶的人幹嘛？欺負人啊？」

白丞相就近打量了一下索羅定——嗯，其實長得不錯的，倒是有些英雄氣概，或者說……痞子氣概？

「我想請你給我幫個忙！」老頭說。

索羅定抱著胳膊上下打量他，問道，「幫什麼忙？」

程子謙吃飽了飯，從酒樓出來，邊剔牙邊想著今天有什麼好戲可以看，一眼就看到拐角的一個鋪面前，

索羅定正跟一個老頭說話。

程子謙揉了揉眼睛——呀?!這不是白丞相嗎?!

眼珠子轉了兩圈，程子謙趕緊拿出紙筆——有好戲看了，老泰山試未來女婿來了!

「說來話長，我是定縣的，姓方，大家都叫我方員外。」白丞相按照事先準備好的說。

「哦，老方頭。」索羅定自來熟。

白丞相憋氣——沒規沒矩!

索羅定順手揪了揪他的鬍鬚，見是真的，好奇道，「這麼長啊，喝湯會不會不方便?」

程子謙張大了嘴——索羅定竟然揪老丞相的鬍子?!

白丞相也按住抽搐的嘴角——正經事要緊，不跟這沒規矩的小鬼計較。

「我女兒叫人拐了。」白丞相沉著氣接著說。

索羅定愣了愣，問，「有拐子?那你找我幹嘛?報官去啊。」

白丞相搖了搖頭，說，「我女兒是自願被拐的。」

索羅定嘴角抽了抽——老頭年紀一把了，是不是腦袋有問題?

「我家乃名門之後，書香門第!」白丞相說，「我女兒知書達禮，平時又懂事又乖巧，偏偏被個流氓給拐了。」

索羅定眨眨眼——說了半天，原來是家務事啊?

「那流氓武功很好，也不知道怎麼了，我閨女就是看上他了，非他不嫁。」白丞相痛心疾首狀，「可他們倆一點也不般配！」

索羅定聽著都沒什麼興趣了，掏掏耳朵。

「所以我想你幫我嚇唬嚇唬那流氓，讓他知難而退，別再打我女兒的主意！」丞相說著，伸出兩根手指，「你幫我這個忙，我給你兩千兩！」

索羅定一挑眉——喔，銀子不少啊。

「我說老頭……」索羅定搭著白丞相的肩膀問，「你閨女是不是真心中意那流氓？」

白丞相想了想，點點頭。

「那不就得了嗎？」索羅定又拉了拉他鬍子，說，「你想開點嘛，兒孫自有兒孫福，其實流氓也有很多優點的。」

「比如說？」白丞相忍著氣問。

「比如說討個債啊、抓個賊啊什麼的也是有用處的。」索羅定拍了拍白丞相的胸口，勸說，「女兒嘛，她要嫁誰你就隨她，女大不中留啊！反正你這麼有銀子，看著也挺年輕，大不了討幾個小妾再生幾個。」

白丞相瞪大了眼睛，鬍子都快飛起來了。

索羅定又拉了拉他鬍鬚，說道，「回家了啊，大爺不幹這棒打鴛鴦的事兒。」說完，他甩著袖子溜達走了。

程子謙此時已經挪動到距離兩人最近的一條巷子了，看白丞相的臉色，老頭都目瞪口呆了。

程子謙搖頭——老索啊，你完了！

白丞相見索羅定走遠，又追上去兩步，跟著他。

一直走到東城門外，程子謙竄進了林子，繼續跟。

索羅定回頭看，老頭還跟著呢，有些無語，「你怎麼還跟著啊？」

白丞相上前，不依不撓的說著，「我世代書香門第，家裡不能有流氓！」

索羅定望天，「一大群書呆子多悶啊，多個流氓調劑一下不也挺好。老頭你今年多大了？」

白丞相一撇嘴，答道，「六十歲。」

「有嗎？」索羅定倒是挺驚訝，「看著就五十來歲啊，六十歲要再生可能有點難度。」

白丞相一張臉又紅又白，這索羅定太沒正經了。

索羅定接著往前走。白丞相繼續跟，邊說，「那流氓十分猖狂，日後我管不住他，他要是欺負我女兒怎麼辦？」

索羅定抱著胳膊索性跟他一起溜達，「這倒是個問題……對了，那流氓有娘沒有？」

白丞相愣了愣，然後答道，「有吧……」

「那容易了！」索羅定一拍手，給了個答案，「你娶了他媽！那他就是你兒子了！兒子自然聽老子的，他要是敢欺負你閨女，你就抽他。」

白丞相氣得臉煞白，心說我先抽死你！

林子裡，程子謙邊搖頭邊忍笑——要死啊！索羅定你是要把未來岳父氣死嗎？

白丞相此時對索羅定也說不上來是有好感還是沒好感了，簡直哭笑不得，就是個大痞子，不過倒是也挺有趣的，和他平日相處的人不同。

正這時，就見索羅定突然抬頭看了看天色，然後說道，「要下雨了，先找個地方避一避再走。」

白丞相抬起頭，真的是烏雲密布。

「這前不著村後不著店的……」老頭說話間，就有雨水落下來了，雨還挺大，他也沒帶傘。

白丞相是個書生，從小養尊處優有人照顧，一時間也不知道怎麼應付。

索羅定拉了他一把，說，「進林子裡避一避，跟塊木頭似的杵著幹嘛？」

白丞相就被他拉進林子裡去了，心說這小子太沒規矩了，嘴那麼欠揍呢！

◇　◇　◇

索羅定找了處樹冠比較茂密的地方讓白丞相坐下，抽出腰刀砍了些枝杈搭在樹冠上，弄出了一塊擋雨的地方。

見他動作熟練，白丞相忍不住問，「你經常在外面避雨啊？」

索羅定撇嘴一笑，「那是，這麼避了二十來年了，能不熟練嗎？」

白丞相微微一愣，想起來——索羅定是孤兒，從小流浪在山野間，估計就是那會兒練出來的。

白丞相坐在樹杈下面，外面雨越下越大。

索羅定也在他身邊坐了，將酒壺遞給他讓他喝兩口暖暖，自己拔出匕首，找了根樹枝，解悶似的削著。

「你弄什麼？」白丞相喝了幾口酒，好奇的問索羅定。

「給軍營裡幾個小毛孩子弄幾把木刀玩。」索羅定無所謂的回答。

白丞相不贊成，「小孩兒幾歲？這麼小就玩木刀，以後豈不是喊打喊殺？」

索羅定覺得好笑，「書呆子見識。」

白丞相忽然很想笑，這輩子還沒人對他那麼不尊重過呢，這索羅定真是……

「小孩兒應該唸書才對！」白丞相板起臉。

「是要唸書，不過也要玩一玩嘛。」索羅定邊自言自語，邊繼續削木刀，「唸書也要看人的，你能讓孔明先生去唸書，卻不好讓張三爺也去唸書吧？各有所長。」

白丞相點了點頭，然後問道，「你喜歡三國啊？」

「還行。」索羅定慢條斯理的回答。

白丞相就跟他聊起了三國的幾場戰役，索羅定雖然有一句沒一句的不怎麼上心，不過見解獨到。

白丞相有些吃驚，這索羅定的智慧與眾不同，聰明又心胸開闊，倒真是個不可多得的人才，難怪幾個老友都對索羅定讚賞有加，皇上更是器重他。

「你成親了沒有？」丞相突然問。

索羅定看了看老頭，搖搖頭。

「這麼大了還不成親？」白丞相接著問，「有沒有心上人？我給你介紹一個怎樣？」

索羅定抓抓耳朵，說，「你這老頭話還挺多。」

白丞相板起臉，又問，「那你日後要是有兒子，是讓他學文還是學武？」

「生了再說吧，我比較想要個閨女。」索羅定一撇嘴，答道，「最好是四、五個閨女。」

白丞相望天，「不孝有三，無後為大！」

索羅定好笑，「我沒人孝順，有沒有後重要嗎？」

白丞相張了張嘴，問，「為什麼要閨女不要兒子？」

索羅定想了想，「閨女貼心啊。」說到這裡，不知道為什麼腦袋裡閃現出了白曉月的樣子，趕緊甩頭。

「那萬一有了兒子呢？」白丞相不死心。

「那就不管他。」索羅定撇嘴，「讓他娘管，我就負責揍他屁股。」

「養不教父之過！」白丞相來氣，這小子真不可靠。

「哦，這段我背過。」索羅定立馬給白丞相來了段方言版《三字經》，聽得白丞相酒噴了一地。

「哈哈……哪個口齒不清的夫子教給你的這《三字經》？！」白丞相捶著胸口笑得前仰後合的，他向來老古板，大概這輩子都沒笑得那麼開心過。

程子謙在林子裡撇嘴——行啊老索，挺有一套。

索羅定白了他一眼，不悅道，「你才口齒不清呢，我小夫子靈著呢。」

白丞相微微愣了愣，問，「小夫子？你夫子年歲比你小？」

索羅定繼續搔腮幫子，望天。

「是個女的？」白丞相繼續試探。

索羅定拿著酒壺喝了一口，說，「你這老頭還挺八卦。」

白丞相剛想接著再說什麼，就聽林子外面有動靜。

「真是晦氣，突然就開始下大雨。」

這時，外頭有幾個路人，牽著馬走進林子，似乎也是來避雨的。

這兩人穿著便裝，一看就是武人，長得橫眉立目的，有些凶悍。

兩人一眼看到了坐在樹下的白丞相和索羅定，也沒多說什麼，在一旁弄了些樹枝搭了個棚，也在裡面避雨。

白丞相覺得這兩人賊眉鼠眼的，坐就坐嘛，還往他這兒看，鬼鬼祟祟的。

索羅定繼續削木刀，還在刀上雕了個豬仔，倒是維妙維肖的。

此時，雨漸漸小了起來。

丞相發現那兩個避雨的路人彼此使了好幾個眼色，似乎很在意他們倆。丞相就緊張了，碰了碰索羅定。

索羅定抬頭看他，那意思——幹嘛？

白丞相對他使眼色——那兩個人好像不是好人，是不是匪徒？

索羅定回頭看了一眼，跟那兩個路人對視了一下。

索羅定摸了摸下巴——咦？這兩人有些眼熟。

正想著，兩個路人突然站起來，往他們倆面前走來。

白丞相緊張——他們帶著刀的！

索羅定也抬頭看了看兩人，忽然，就見兩人從腰間抽出了兩把匕首。

白丞相一驚——果然是打劫的！

那兩個路人拔出匕首，卻沒打劫，因為他們手上的匕首都是木頭的。

一看到木刀，索羅定愣了。

「索羅定?!」兩人又驚又喜的叫了一聲，「真是你！」

索羅定盯著兩人仔細看了看，驚喜，「哦，是你們倆小子！」

兩人激動的過來拍索羅定的肩膀，似乎是多年老友久別重逢。

白丞相剛才都差點準備跳起來了，這會兒也有些傻眼——什麼情況？

後來一說才知道，原來這兩人和索羅定差不多，都是孤兒，小時候一起玩過，長大各奔東西，十來年沒見面了。

又詳細敘談了一陣，原來兩人現在開了個鏢局，買賣做得不錯，這次是跑來這裡做個買賣，沒做成，本來想趕路回去的，沒想到一場大雨，兄弟相見了。

白丞相摸著鬍鬚在一旁，聽著幾人說起年少時候的趣事，忽然有些明白為什麼索羅定說話那麼怪異，和他相處的人不一樣。這索羅定的成長路，和他所認識或者所有能接觸到的人，全都不同！

只可惜相聚時間太短，兩兄弟還要趕路去遠處，雨一停，又要作別。

臨走，索羅定還問兩人，「做什麼買賣沒做成？有損失嗎？」

兩人搖了搖頭，說道，「別提了，最近有人出高價找高手，聚在大平山一帶。」

索羅定微微一愣，多出了個心眼，問道，「找什麼樣的高手？」

「大多是窮凶極惡。」那兩人告訴索羅定，「我們倆剛剛走完一趟鏢，年前不準備再出遠門了，聽說有這個活兒，以為有人要打散工的，就來看看。不過這次似乎是雇用殺手，神神秘秘的，所以我們就沒接了。」

索羅定聽後點了點頭，又約了日後見面喝酒，順便將身上所有銀子都掏出來塞給兩兄弟。

兩兄弟好一番推託，不過索羅定似乎是做慣了大哥說一不二，兩兄弟只好拿著銀子走，約定了下次再聚，要喝到天光。

白丞相在一旁讚許點頭——江湖兒女果然是有情有義！

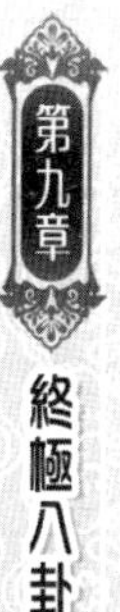

送走了兩人，索羅定走出林子，抬頭看了看天色，對白丞相道，「老頭，這路挺太平的，你繼續往前走一段路就到地方了。」說完，索羅定往相反方向走了，似乎是急著回去。

白丞相本來就不是去找什麼閨女的，便跟著他。

索羅定哭笑不得，回頭看看那老頭，問，「你總跟著我幹嘛？」

「天快黑了，我回城裡住一晚，明早再去！」白丞相反應還挺快。

「哦。」索羅定點了點頭，接著往前走。

雨天路滑，索羅定心事重重走得挺快。白丞相畢竟是斯文人，而且他坐慣了轎子馬車，一個不小心腳下一滑，「哎呀！」

索羅定回頭，就見老頭摔了個結實。

「喂！」索羅定過去扶他，心說沒摔死吧？

白丞相摔了一身泥水，揉著腰，痛道，「哎呀，腰折了。」

索羅定將他扶起來，讓他走兩步試試……發現老頭除了腰閃了之外，腿腳倒是沒受傷。

「你們這些唸書人能再柴一點嗎！」索羅定搖頭，「少唸點書多動動不好嗎？平地還能栽坑裡。」

白丞相心說我容易嗎我！

「唉，我揹你吧。」索羅定無奈，對白丞相招手，蹲下身，示意他上來。「你住哪家客棧啊？要不然我揹你找你女兒去？讓她照顧你？」

「不去，就去客棧好了。」白丞相搖頭。

索羅定無奈，揹著他往回走。他一會兒還想去趟大平山，所以跑得飛快。

白丞相趴在他的背上，心說這大將軍就是不一樣啊，跑得那叫個快、那叫個穩！又想想，孩子他娘說得也沒錯，這武將高大威猛，起碼他能保護曉月的安全。再者，他現在對索羅定還挺有些好感，心地好、講義氣、本質不壞！果然傳聞不可信。就是嘴欠啊，想抽他！

白丞相正想著，索羅定已經揹著他回了城了，正巧了，撞到了一輛馬車，是白曉月從丞相府回來了。

白曉月今天還納悶呢，好不容易跑回家看看爹娘，怎麼她爹出門了呢？她娘說起來還一副諱莫如深的表情。

索羅定看到白曉月的馬車，趕緊將白丞相往白曉月車上一放，道，「曉月，妳幫我送這老頭回客棧，我有急事要出城。」說完，還沒看明白白曉月臉上的表情，就奔走了。

等索羅定走了，白丞相摸了摸鬍鬚，轉眼，看到女兒歪著頭、一臉的困惑看著自己。

白曉月見她爹一身泥水，湊過來給他擦，問道，「爹，你怎麼跟索羅定在一塊兒？」

白丞相尷尬，總不能說是特地跑來試未來女婿的，就道，「哦……爹出城找個朋友，路上摔了一跤，碰上索羅定了。」

「是嗎？！」白曉月有些緊張，又問，「他揹你回來的啊？那他知不知道你是我爹呀？」

「不知道吧，叫我老頭。」白丞相回話，還有些吃味兒，怎麼不問問妳爹摔得重不重。

白曉月又緊張，替索羅定說起好話。「他叫好的老人才叫老頭呢，覺得這樣叫比較親切！」

白丞相哭笑不得——這胳膊往外拐的，妳爹我腰疼！

「這個索羅定，人是粗魯了點……」白丞相剛剛起了個頭。

「不過他心腸很好的。」白曉月趕緊補上。

「認識的字似乎不多……」

「他畫畫很好！」

「有點痞子相……」

「練武的人不拘小節嘛！」

「勾肩搭背的沒什麼規矩。」

「他又不是小家子氣的文人！」

「我和妳大哥都是文人。」

「哼！」

白曉月扭頭不高興——她爹盡看到索羅定的缺點了，都不看看他的優點。

白丞相嘆了口氣——要不這門親事就這麼定了吧，看來他閨女一頭紮進去是不想回頭了，總覺得便宜那小子了！

不過良久，老丞相還是說，「索羅定算是個有擔待的大英雄，倒是值得託付終生，人也很有趣。」

白曉月有些驚訝的看著她爹——在誇索羅定呀！託付終生什麼的……

◇◇◇

等索羅定再回到書院的時候，天都黑了。

進門，就看到唐星治等人圍在一起，研究什麼東西呢。

「你們幹嘛呢？」索羅定湊過去。

「明天進圍場打獵！」胡開道，「這次星治帶一隊，星宇帶一隊，可能要比試一下。」

「哦……」索羅定點點頭，想了想，又問，「唐星宇查山賊查得怎麼樣了？」

眾人彼此對視了一眼，異口同聲，「什麼山賊？」

「之前陳醒那件事啊。」索羅定提醒。

「星宇今早還在萬花樓吃花酒呢。」唐星治撇撇嘴，不悅，「早忘記了吧。」

索羅定就皺眉。

這時，程子謙拿著手稿進來了，開口就說，「今天又有八卦，要聽嗎？」

索羅定站在院子裡發呆。

白曉月帶著俊俊溜達進來，問，「什麼八卦？」

白曉風抱著胳膊跟在後面，他知道今天老丞相試索羅定去了，很有些好奇他爹是不是在索羅定這兒吃癟了。不過白曉月回來提起剛才的事情，白曉風倒是吃驚——索羅定有辦法啊，他爹竟然會誇獎他。

程子謙湊到眾人跟前，神秘兮兮說道，「這個終極八卦！」

「什麼八卦？」眾人好奇。

「據說這次圍場狩獵之後，會定下太子之位！」

程子謙話一出，所有人都看他。

「真的？」胡開來勁了，一拍唐星治，就說，「我就說嘛！昨天爹囑咐我，這次打獵一定要幫你贏下來呢。」

「放心吧。」石明亮笑了笑，「就算星治這次沒贏，太子也輪不到唐星宇。」

「這麼肯定？」葛範湊過來。

「星宇這幾天又舊態復萌了。」石明亮冷笑，「不是上窯子就是喝酒，皇上清楚著呢，誰敢把江山社稷交給他？星治比他強太多了。」

「只是最後關頭，不知道榮妃會不會出什麼招。」胡開始終有些擔心，不時的對唐星治使眼色，那意思——找索羅定幫忙啊！

唐星治可不情願，抓了抓耳朵。

「索將軍，你也跟著去嗎？」岑勉老好人慣了，見唐星治不開口，就幫著問索羅定。

索羅定還沒來得及開口，唐星治就插話了，「誰要他去！我自己會解決的。」

索羅定笑咪咪點點頭，「嗯，有志氣，那我幫唐星宇去了。」

唐星治一愣。

胡開蹦了起來，怒道，「你不是吧！」

石明亮也點頭應和，「是啊，都是一個書院的嘛！」

索羅定笑問唐星治，「你覺得呢？」

唐星治一扭頭，就說，「你愛幫誰幫誰，怕你啊！」

胡開拉他胳膊。

索羅定滿意點頭，「那就這麼定啦。」

剛說完，外頭一個小廝跑進來稟告，「索將軍，榮妃說請你喝茶。」

索羅定一擺手，笑道，「不用喝茶了，就說我答應了。」說完，進屋去了。

眾人面面相覷。

石明亮不滿，「真不仗義！」

唐星治無所謂，「反正我也沒指望他幫忙！」

白曉風當作什麼都沒聽到，離開院子。白曉月則帶著傻傻去廚房。

◇◇◇

當夜，索羅定在院子裡準備弓弩，他好久沒打獵了，手挺癢。

白曉月走了進來，到了他身邊，手裡捧著個湯盅給他，「吃吧，燉雞。」

索羅定拿著喝了一口，覺得很是美味，就吃了塊雞肉，還往白曉月嘴裡塞了一筷子雞胗。

白曉月喜孜孜嚼著。索羅定跟她一對上眼又不自在了，看這丫頭看久了心跳快，也不知道怎麼回事。

「對了，剛才謝謝你揹我爹回來。」白曉月道謝。

「妳爹？」索羅定納悶。

「你早上碰到的那個呀……」白曉月笑咪咪說道，「你還叫他老頭。」

「噗……咳咳！」索羅定抽了口涼氣，差點把雞骨頭吞下去，邊捶胸口邊問，「那是妳爹？！」

白曉月點頭，「是呀！」

索羅定立馬想起老頭說「我女兒喜歡上了個流氓」什麼的……嘴角抽了抽，自言自語來了句，「幸好我沒娘啊，不然糟了。」

「啊？」白曉月不解。

「沒……呵呵。」索羅定乾笑兩聲，心說白丞相估計氣瘋了。

「我爹說你挺好。」白曉月突然說。

索羅定倒是吃驚，「啊？這還好啊？」

「他親口跟我說的。」白曉月不忘補充一句，「我爹要求可高了！能讓他說出個不錯的可沒幾個人。」

「是嗎？」索羅定心情好了幾分。

白曉月又陪著他站了一會兒，等他吃完了燉雞，就收拾湯盅準備回房睡覺了。

「妳不問問我幹嘛幫唐星宇不幫唐星治嗎？」索羅定問。

白曉月搖搖頭，「你肯定有理由的，我相信你，不過你要小心點。」說完，面紅紅帶著傻傻走了。

索羅定摸著下巴站在院子裡看白曉月婦婦婷婷的背影，心說這丫頭最近越看越順眼啊，順得都沒法再順了。

身後有人慫恿他，「老索啊，這姑娘多好，嫁了……不是，娶了吧！」

索羅定回頭，果然是程子謙，「讓你查的事情怎麼樣了？」

「有線索了！」程子謙翻開卷子，道，「最近的確有人招攬殺手，秘密進行，要求熟悉大平山一帶的地形。另外，接頭人和前後張羅的，查到最後，查到了暉公公。」

「果然是榮妃買通了人嗎……」索羅定搖了搖頭，覺得失望。「看來圍場狩獵那天，她不是想唐星宇贏，而是想唐星治死啊。」

「這麼狠？」程子謙滿臉的不可置信，「玩得好大。其實之前月茹的事情我也打聽了一下，傳出風聲來的，可能是榮妃。」

「她是想嫁禍給麗貴妃和皇后，騷亂就嫁禍給唐星治。」索羅定道，「哎呀，太平盛世往往都毀在幾個女人手裡。」

「那你準備加入那邊，阻止他們行刺啊？」程子謙問，「他們是想拉攏你，就有了個籌碼。其實皇上應該心裡有數，不然也不會派人保護月茹和星治了。你確定要蹚這渾水？不如直接來個人贓俱獲，交給皇上處理？」

索羅定摸了摸鼻子，搖搖頭，「到時候再說。」

程子謙嘆氣，「我知道你想什麼，是想來個不傷和氣平息這事兒吧，省得引起什麼事端。」

索羅定不出聲。

「那你就記住你那個『妾有意』的話。」程子謙見勸不住他，只好拍拍他肩頭，「小心為上。」

索羅定擺手——妾你個頭！

◇　◇　◇

次日，八卦傳得沸沸揚揚，也不知道誰放出去的消息，說這次狩獵，索羅定決定幫助唐星宇，唐星治要孤軍奮戰。

為此，很多人都有些不解。

「索羅定和六皇子不是一個書院的嗎？」

「就是啊，沒理由不幫自己人幫外人的！」

「別說啊，唐星宇品行不端又不是秘密，也許索羅定跟他比較合得來呢？」

「嘖！六皇子要加油啊，別輸給那個流氓！」

「就是……」

書院裡，唐星治和胡開等人找了一片小林子先練習。

胡開抽空，跟唐星治說，「你聽說過沒？索羅定有一支人馬專門打獵的，一下午進林子打到的野味夠一個軍營的人打牙祭。」

唐星治白了他一眼，不悅道，「少長他人志氣滅自己威風。」

「星治啊，你別跟索羅定嘔氣了，這會兒不是時候。」石明亮也勸，「我看索羅定也是逗你呢。你要人幫忙，要開口說，總不能讓別人一頭熱來幫你，你連聲謝都沒有。」

「也對啊，他都幫過我們多少回了？」葛範道，「你就為了白曉月跟他不對頭嗎？其實……」

「哎呀。」唐星治嫌眾人煩，只說，「這會兒說什麼都沒用了，好好練射箭吧！」

另一邊，索羅定帶著人到了大平山，吩咐子廉埋伏好，做好準備。

他今天約了唐星宇下午練箭的，不知道那窩囊廢射箭射得準嗎？

可是等到快傍晚了，唐星宇打發了個小廝過來，說他睡著了，讓索羅定他們自己練吧。

子廉皺眉，不悅，「扶不起的阿斗。」

索羅定倒是一笑，「不來更好，省得麻煩。」

◇　◇　◇

狩獵季如期而至，全城的男人都開始討論弓弩、獵物之類的話題。

這天，皇宮的狩獵大會，將會在城東的圍場進行。

今年的狩獵格外受人關注，因為據說將會是儲君爭奪大賽。本來，眾人都覺得唐星治是贏定了的，但偏偏索羅定關鍵時刻選擇站在唐星宇這一邊，於是……勝負就對半開了。

一大早，圍場裡聚滿了人，皇上皇后也來了。

皇后向來不太喜歡這種狩獵殺生的事，但是今天竟然也到了，眾臣都猜測，可能是給唐星治助威來了。

榮妃和唐星宇也來了。唐星宇昨晚上在窯子玩得有點晚，還喝多了，今早起來睡眼惺忪的，反正也不用他操心，有索羅定呢。

相比起來，唐星治就威風凜凜精神奕奕。

曉風書院的人也都來了，眾人當然是幫著唐星治鼓勁的，只有白曉月，有些擔心索羅定。

說來也奇怪，今天不只群臣來了，連卸任多年、很少參與政事的白相也來了。

白曉月被白曉風安排坐在她爹旁邊，省得她亂跑。

比賽開始前，索羅定也來了，一身黑，帶著六個隨從，都拿著弓弩。

這幾人一出場，眾人都替唐星治捏把汗——好啊，都是高手啊！

「索羅定也真是的，竟然不幫皇兄，卻幫外人。」唐月嫣捧著茶杯，就坐在白曉月身邊，另一邊是唐月茹。

白曉月看了看唐月嫣。

「妳說他怎麼不幫自家人！」唐月嫣似乎不滿，「我昨天跟娘說他，皇娘還說我小孩兒沒見識不知好歹。」

岑勉突然笑了笑。

唐月嫣斜了他一眼，問道，「你笑什麼？」

岑勉趕緊搖頭。

唐月茹無奈。唐月嫣對誰都挺好的，就是喜歡凶岑勉。

「妳皇娘說的一點都不錯。」唐月茹道，「可不能罵索羅定，不然就是不識好歹了！」

唐月嫣癟著嘴。白曉月更加擔心。

一旁白丞相拿著個茶杯邊喝茶，邊好奇，「索羅定準備怎麼做呢？」

白曉月沒吱聲。

「他沒跟妳說起？」白丞相問，「其實也未必需要幫著星宇的，無論輸贏，對索羅定自己都沒什麼好處。」

白曉月噘起嘴，瞧了她爹一眼。

呦……白相爺有些吃味兒，為了索羅定瞪妳爹啊！

其實今天一天，好多人都說過索羅定不厚道，吃裡扒外、背信棄義之類的，誰說白曉月就瞪誰。

陳醒也來了，人瘦了一圈，在尚書的陪同下，無精打采的。

對於陳醒，不少人表面問候，背地裡卻是在嘲笑。陳醒抬頭，看到了不遠處的白曉月，就見白曉月捧著茶杯跑去了一旁索羅定休息的帳篷。

「妳進來幹嘛？箭頭上都是油，小心蹭身上！」索羅定往外攆白曉月。

白曉月伸手給他茶，邊幫他正了正披風的結，問他，「你晚上想吃什麼？給你做。」

索羅定見這丫頭一臉擔心，搖了搖頭，說，「出去吃吧，我讓老賴弄桌好的。」

白曉月想了想，皺眉，拒絕，「才不要，我又該吃胖了。」

索羅定摸鼻子，說道，「胖點兒不挺好嗎？」

白曉月嘴角又翹起來一點點——喜歡肉乎乎的呀？

正說話呢，外頭唐星宇心不甘情不願的走了進來，就說，「索羅定，好了沒？要開始了。」

白曉月接過茶杯，又囑咐了索羅定一句，「小心點。」就跑出去了。

人走了，索羅定拿起弓箭，就聽一旁唐星宇笑嘻嘻說，「你還挺有些豔福啊，白曉月是不錯，你怎麼不去提親啊，要換作是我……」

沒等他說完，索羅定看了他一眼，冷笑一聲，「一會兒林子裡母老虎母熊都有，你要不要留在裡面挑一個成親？」

也不知道索羅定在說笑還是在調侃他，不過面色可有些嚇人。唐星宇心說這人有毛病，誇白曉月都不行嗎？不過還是不敢招惹他，一會兒還靠他呢，於是轉身逃也似的走了。

索羅定撩開帳篷簾子出來，正好看到前面不遠處的陳醒。陳醒瘦得都快脫相了，好好一個人折騰成這樣，不過索羅定注意到，陳醒正望著對面呢……那眼神，似乎有些怨毒。

順著他的視線望過去，索羅定注意到那是曉風書院的人聚集的地方，白曉月正跟白曉風說什麼呢。

白曉風剛巧抬頭，見索羅定站著看他們，有些納悶。

索羅定頭微微一偏，示意白曉風——看陳醒。

白曉風皺眉看了一眼陳醒後，心中咯登一下——莫非陳醒，遷怒了曉月？！

◇　◇　◇

晌午的時候，狩獵正式開始，眾人進入林子。

唐星治和胡開等人很快找到了一隻麅子，追著就過去了。

索羅定背著手，溜溜達達進了林子，一擺手，那幾個黑衣手下就四散開了。

唐星宇等了半天，沒見索羅定動手抓獵物，眼看著一隻梅花鹿從眼前跑過，索羅定還摸了摸牠的腦袋。

「喂，你不打獵啊？」唐星宇抱著胳膊問，「我娘請你不是讓你來玩的吧？」

索羅定抱著胳膊，看了看他，淡淡一笑，「其實大概兩、三個月前，皇上已經派侍衛全天保護唐星治和唐月茹的安全了，你知不知道為什麼？」

唐星宇微微一愣，看著索羅定。

索羅定找了塊石頭坐下，「你娘為了你，做了不少事，不過你真的想當皇帝？」

唐星宇深吸了一口氣，看看四周，沒有其他人，只有他和索羅定。

「大平山藏著的不是山賊，而是你娘雇來的幾個殺手，這陣子在熟悉地形呢。」索羅定撿了根樹枝，掏出匕首削了起來。

「我都收到風了，你覺得皇上有沒有收到風啊？」索羅定笑嘻嘻問唐星宇。

唐星宇嚥唾沫，只覺得腳底往上冒寒氣。

索羅定卻當作沒看見似的接著說，「今天別說你殺不了唐星治，一旦那些刺客動手，你和你娘什麼下場，你比我清楚。」

唐星宇臉煞白，看了看左右。

「那些刺客埋伏在哪兒？」索羅定問。

「我……」唐星宇緊張。

索羅定突然一把將他按在了地上，唐星宇面頰貼著堅硬的地面，不由得驚叫了起來。索羅定將手上的樹枝插在了他眼前，驚得唐星宇叫都叫不出來了，他養尊處優的，哪兒見過這場面。

索羅定笑了一聲，「今天要是出了事，不只你和你娘要死，陳尚書要死，你們家族成百上千的人都要死！拔出蘿蔔帶著泥，我敢保證連你怡紅院那幾個相好的都沒有好下場。現在能救你的只有我，你說，那麼保住命；你不說……等死。」

「在……在樹幹裡！」唐星宇結結巴巴的說，「他們原本在山坳裡的，但是為了行刺……躲在了樹幹裡。」

索羅定站了起來，走了。

唐星宇趴在地上，嚇得都尿褲子了。其實……好端端的他才不想當皇帝呢，做個王爺吃喝玩樂最開心了，都是他娘和叔伯們一心要逼他做什麼太子，這回好了吧，惹上索羅定了。

◇　◇　◇

唐星治和胡開追一隻麅子追到林子深處，最後還是跟丟了，已經抓到兩隻兔子了，但是沒抓到像樣的大點的東西。

胡開突然拍了拍唐星治，說道，「有動靜！」

唐星治和他一起隱藏到一棵大樹後面，問道，「什麼東西？鹿嗎？」

「我怎麼好像聽到呼哧呼哧的聲音了？」

胡開左右張望，忽然……就聽到有人喊了一聲，「蹲下！」

兩人微微一驚，本能的一低頭。一枝箭「嗖」一聲飛過！

唐星治正慶幸沒叫箭射中，抬頭一看，好傢伙，箭射進了樹幹大半截，誰這麼狠啊？

唐星治和胡開一轉臉，就看到索羅定拿著弓站在不遠處。

唐星治氣不打一處來，「索羅定，你……」

沒等他開口，索羅定又舉起弓弩，對著四周幾棵粗樹連射了幾箭。每一箭都射進樹幹很深。

唐星治和胡開狐疑的看著索羅定，心說——這人有病啊？

索羅定射好箭之後，四處看了看，隨後轉身去了別處。

「星治啊，他幹嘛？」胡開問了唐星治一聲，唐星治沒反應。他抬頭看了看，只見唐星治盯著身後的樹幹看。他又問，「星治？」

「樹在流血。」唐星治指了指樹幹。

胡開湊過去一看，果然！就見那枝箭射中的樹洞裡，有血往外冒。

「哎呀！」胡開伸手一指。

唐星治就見他指著樹幹的地方有一個窟窿，一邊有一把匕首，正對著自己腰腹的位置，但是握著匕首的手已經不能動了。樹幹裡藏著的那個刺客，被索羅定一箭射死了

唐星治和胡開對視了一眼。

胡開一拍腿，跑去看其他幾棵樹，發現粗大的樹幹原來都是空心的，裡面躲了人，都拿著匕首。

「好陰險啊！」胡開拉著唐星治，「你別靠近樹啊，有人要暗算你！」

唐星治臉色也有些白，剛剛若不是索羅定一箭射死了那個刺客，自己可能已經被捅了一刀了。

「你猜誰動的手腳？」胡開問唐星治。

唐星治想了想，嘆氣。

「八成是榮妃了。我看索羅定是知道了他們的陰謀才上他們那頭幫忙的吧？」胡開小聲說，「看來咱們還錯怪他了。」

唐星治搔了搔臉。

兩人也無心打獵了，往林子外走。到外面的時候，他們幾個隨從也回來了，都捉到了不同的獵物，簡直是大豐收。

唐星治看了看那幾個跟班的，平日都挺飯桶的，今天這麼能幹啊？

「皇子啊，不知道怎麼回事，今天的獵物都從天上飛下來的。」一個隨從傻裡傻氣的說，「我剛伸了

個懶腰，天上掉下來一隻麅子！」

唐星治和胡開對視了一眼，嘆氣——八成是索羅定安排的那幾個侍衛在幫忙吧。

◇ ◇ ◇

等狩獵結束，皇上親自帶著群臣來清點獵物。

唐星治和胡開率先出來了，身後的侍衛們拖著不少獵物，非常風光。

榮妃一看到唐星治完好無損的出來了，微微皺眉。

這時，就見唐星宇也出來了，蔫頭耷腦的，身後侍衛連隻兔子都沒抓到，而且索羅定也不在。

榮妃跑過去問唐星宇，星宇皺著眉一個勁搖頭。這時榮妃才發現，唐星宇的胳膊上擦傷了一大片，而且身上還有些騷氣……這是怎麼了？

曉風書院的人都去給唐星治慶祝了。

白曉月四處看，找不到索羅定，有些擔心，就往林子的方向走了幾步。可她還沒走進林子，忽然，一個人從後面抓了她一把，捂著她的嘴，將她抓進了林子裡。

皇后誇讚了唐星治幾句，轉臉，笑問唐星宇，「星宇，你這次一無所獲嗎？」

唐星宇忽然覺得平日慈愛的父皇，有那麼點陰森，結結巴巴點頭，「嗯……」

「索將軍呢?」皇上邊問，邊笑著看榮妃，「朕可是特地安排索將軍幫星宇的，怎麼還是無功而返?是否妳這個娘，教得不夠好啊?」

榮妃臉刷白，張著嘴。

唐星宇想起了剛才出來時索羅定教他的話，趕緊求饒，「不……不是娘的錯啊父皇!都是兒的錯，您要罰就罰我吧，饒了我娘。」

榮妃驚訝的看著唐星宇——這孩子一直不長進，今天患難見真情，竟然替她求情、自己承擔罪責。

皇上沉默片刻，伸手拍了拍唐星宇的肩膀，道，「星宇還是孝順的啊。看在你這麼孝順的分上，這次就算了。記住，下不為例。」

唐星宇和榮妃趕緊點頭，也算逃過一劫，不過，未來日子估計就不好過了。這會兒，他們別說想搶皇位的念頭沒有了，能好好過下半輩子就不錯了，最好是離開皇城，不然皇后和麗貴妃都不會善罷甘休。

白曉風去看了看唐星治，回來就找不到白曉月了，趕忙走過去問白丞相，「爹，曉月呢?」

白丞相正喝茶呢，點頭，「嗯……這個索羅定還真看不出來，大將之風寵辱不驚，嘖嘖……」

「爹!」白曉風著急，「曉月呢?!」

白丞相左右看了看，反問，「不是去你那兒了嗎?」

白曉風一驚，回頭，就見陳尚書也在四處轉圈——陳醒不在他身邊。

「糟了!」白曉風暗道一聲，趕緊往林子的方向跑去。

◇◇◇

「哎呀！」

白曉月被人拖進了林子裡，最後被人重重往地上一甩。她趴在地上，手都擦破了，抬頭一看，嚇了一跳——是陳醒。

陳醒這會兒雙目通紅，臉又蒼白，看來病得不輕。

白曉月見他凶神惡煞的，皺眉，問，「你幹嘛？」

陳醒指著白曉月，「都怪妳，妳害我名譽掃地！」

白曉月睜大了眼睛看他，完全不明白他說什麼。

「枉妳是宰相千金、名門淑女，光天化日的，跟索羅定拉拉扯扯不知廉恥！」陳醒伸手掏出一把匕首，怒道：「要不是妳，我怎麼會喝醉了被那群窯姐捉弄！都是妳害我！」

白曉月大概明白了過來，趕緊爬起來。「你胡說什麼！你自己喝酒鬧事關我什麼事？」邊說，邊看四周的路，見離開林子的邊緣不是很遠，她蹦躂著就喊，「救命啊！」

不過她一喊，陳醒卻是驚了，舉著刀就要抓她。她左右閃躲了兩下，轉身就跑，陳醒在後頭追趕。

白曉月跑得慌不擇路，後面陳醒追得也緊。她邊跑邊喊救命，還要回頭留意不讓陳醒追上，這一慌，腳下一滑……

「哎呀！」

白曉月沒留神前面有個陡坡，一下子滾了下去，最後「撲通」一聲。

「啊！」白曉月嗆了一口水，知道自己掉進河裡了。她不會游泳，且之前溺水過一次，最最怕水。

白曉月掙扎了幾下，喝了好幾口水，很快就覺得力不從心了。

陳醒在上面看得真切，想了想，轉身就跑了。

白曉月在水潭裡掙扎著，呼喊了兩聲，最後沒力氣也嗆得透不過氣來了，就開始往下沉……

這時，她聽到「撲通」一聲，似乎又有東西落水了，之後……就感覺有人把她托出水面，能喘氣了！

白曉月邊咳嗽邊喘氣，這種差點悶死又黑又冷、突然就得救了的感覺，似曾相識。

白曉月睜開眼往上望，那一剎那，以為自己又睡著了，做了那個這些年一直在做的夢。她又看到了黑色的衣服、厚實的胸口，還有那個好看的下巴，和文弱書生一點都不一樣的大英雄。

「曉月！」

白曉月感覺被晃了兩下，喝進去的水也差不多晃出來了，睜大了眼睛一看……果然是索羅定把她救上來了！

「哇！」白曉月本想張開嘴叫一聲「索羅定」，沒想到張開嘴就開始哭鼻子。

索羅定被她嚇了一跳，伸手撓頭，能哭就表示沒淹死……不過不知道有沒有摔壞。

其實他剛才準備在林子裡找一下有沒有漏網之魚，就聽到有人喊救命，似乎還是白曉月的聲音，他趕來就看到陳醒逃走，也來不及去攔住他，到坡邊一看……果然白曉月落水了。

白曉月哭了半天，拿索羅定的衣袖擦眼淚，擦了一會兒，也有些奇怪，怎麼索羅定的衣服都沒濕？她總算停止哭泣了，有些納悶的四處看。

索羅定哭笑不得，「妳真行啊，在水坑裡都差點淹死。」

白曉月眨眨眼，朝他身後一看，原來自己剛才滾進一個水坑裡了，根本不是滾進河裡，這水還挺清，見底，最深的地方大概也就到腰吧……呃……

索羅定將外套脫了，揀了乾的地方給她裹上，把她抱起來往回走，「妳等著啊，我把妳給白曉風送去，之後去找陳醒，爺拔光他的牙給妳出氣！」

白曉月癟嘴，靠著索羅定的胸口——就你最貼心。

剛想到這兒，上面傳來了「哎呀」一聲。隨後，就看到陳醒骨碌碌滾了下來，一直滾到索羅定腳邊。

索羅定一腳踩住了，有些納悶的看上面，就見白曉風出現在坡上。

一看下面索羅定抱著白曉月，白曉月都濕透了，裹著索羅定的衣服縮在他懷裡，應該沒受傷，白曉風鬆了口氣，關鍵時刻還是索羅定比較可靠。

「找到沒？」這時，上面傳來了其他人的聲音。

沒一會兒，以白丞相為首來了一群人，還有曉風書院的差不多也都來了，程子謙不知道去哪兒吆喝了

一圈，連皇上都來了。

白曉月趕緊縮進索羅定的衣服裡。

索羅定無語問蒼天，「你們都來幹嘛？」

「索愛卿，曉月沒事吧？！」皇上扒著一棵樹往下看。

「陳醒，你簡直！你……」陳勤泰那樣子像是要氣死了。

索羅定看了看趴在腳邊的陳醒，搖了搖頭，抱著白曉月上了山坡。唐月茹和唐月嫣趕緊帶她去馬車，好讓白曉月換衣服，別一會兒凍出病來了。

「索愛卿啊……」皇上拉住也要去換衣服的索羅定，說道，「女孩兒家名節很重要的，你看……」

索羅定眨眨眼，看皇帝，問道，「我看什麼？」

「你看曉月姑娘被你又摟又抱的，是不是？」皇上邊說，邊示意索羅定看後面黑著臉的白丞相。

索羅定回頭，跟白丞相對上眼了。白丞相略顯尷尬，摸了摸下巴。

索羅定突然「噗」了一聲，想到他那個「女兒被流氓拐走了」的問題。

白丞相上下打量了一下索羅定，嘆口氣。就這麼定了吧，身邊已經有不少大臣來跟他道喜了。

白曉月躲在馬車裡換好了衣服，就看到小玉跑回來，鑽進車裡，「小姐、小姐，宰相把妳許配給索將軍啦！」

白曉月一驚，想了想，問，「那索羅定呢？」

小玉聽到這裡，突然樂了，捂著嘴笑。

「妳笑什麼？」白曉月不解。

「小姐妳自己看看，我第一次看到老爺這麼沒轍。」

白曉月納悶，扒著馬車的車窗往外看，就見不遠處，索羅定正和白丞相一起往回走呢。

索羅定一手搭著白丞相的肩膀，邊說話邊還揪揪他鬍鬚。

白曉月張大了嘴，問道，「我爹不惱啊？」

「爹惱什麼，這女婿他不知道多滿意。」這時，白曉風說話的聲音從外面傳來。

白曉月探頭看。

白曉風抱著胳膊，悶悶的說，「總覺得便宜索羅定了。」

一旁程子謙也飛快做記錄，「老索這次可謂因禍得福。」

正說著，就看到唐星治走到了馬車邊。白曉月看到他，縮了回去。

白曉風看唐星治——這小子算是沒戲了，白曉月和索羅定兩情相悅了，皇上都開口了。

唐星治有些頹喪，不過，最後還是開口，「索羅定人還挺不錯的，應該可以照顧好曉月姑娘，我也放心了。」

白曉風有些吃驚。

馬車裡，白曉月微微笑——唐星治不是因為皇上開口而服氣的，而是因為真心服了索羅定。

想到這裡，白曉月撩開車簾想往外看一眼，卻看到索羅定一張大臉在車窗外面，對她笑得一臉的痞子樣，「嘿嘿。」

白曉月一驚，「啪」一聲，車簾子蓋了索羅定一臉。她坐在馬車裡想——莫非他真的是個流氓？

◇◇◇

次日，八卦的浪潮一浪高過一浪。

最近皇城百姓被各種八卦激得情緒高昂，但哪一條都沒有這一條八卦。

唐星治竟然獨自戰勝了有索羅定幫忙的唐星宇。皇上立他為太子，成了真正的皇位繼承人。本來這可以說是關乎天下的大消息，足夠占滿皇城百姓整個月的晚飯時間了，然而還有另外一條更勁爆的——索羅定和白曉月訂親了！

這一條消息好比晴天霹靂，整個皇城的人都在問——為什麼？！

《子謙手稿》寫得隱晦，眾人傳閱，得知是白曉月不慎落水，索羅定捨身相救，於是白曉月以身相許。只是皇城百姓都納悶——大平山有河嗎？最多下雨天積起幾個水坑。

不過無論外面怎麼傳，白曉月這幾天可是美滿了。

自從知道定了婚之後，白曉月晚上睡不著，早早鑽被窩裡翻來覆去。唐月嫣和唐月茹總來騷擾她，夏敏和元寶寶開始幫她張羅婚禮的事情，白曉月更加緊張，這天也是直到天濛濛亮，才迷迷糊糊睡過去。

第二天一大早，白曉月一驚，醒過來——哎呀，忘了給索羅定煮麵了。

剛想穿衣服，就聽門響了兩聲。

白曉月以為是小玉給她拿衣服來呢，喊了聲，「進。」

話音一落，門打開，索羅定探頭進來瞄了一眼。

白曉月驚訝，「索羅定？」

索羅定拿著個食盒進來，往白曉月身邊一坐，托著食盒給她，「吃早飯。」

白曉月打開食盒看了一眼——小籠包。

索羅定有些尷尬的摸了摸頭，似乎還有些不好意思，白曉月穿得也單薄，索羅定又瞄了一眼，趕緊目不斜視望天。

白曉月拿著筷子夾了個小籠包吃，又拉了拉索羅定的袖子。索羅定低頭看她，白曉月笑咪咪往他嘴裡也塞了一個小籠包。

索羅定嚼了起來，繼續望天……耳朵紅撲撲的，這丫頭怎麼穿這麼少啊，看得人腦袋嗡嗡響。

白曉月樂得都不行了，繼續逗索羅定，這大將軍純情得咧！

門口，程子謙蹲在門檻邊，邊寫東西邊搖頭。

白曉風湊過來，問，「怎麼樣了？」

「你妹子調戲索羅定呢。」程子謙攤手，「老索這輩子都沒跟誰談情說愛過，第一回啊第一回，嫩得跟個傻子差不多。」

「哦？！」白曉風摸了摸下巴，自言自語，「索羅定原來是個雛？」

程子謙嘿嘿點點頭，「這一對，純情啊！」

「這一對？」白曉風不解。

程子謙勾了勾手指，示意白曉風跟他走。「走，帶你去看第二對。」

白曉風跟著程子謙出了白曉月的院子，往另一個院子走。

到了岑勉的院子裡，岑勉正坐在書桌邊看書呢，一旁站著唐月嫣。

岑勉不解的看唐月嫣，唐月嫣手裡拿著個湯盅，往他眼前一放，「吃！」

岑勉一臉茫然，問，「什麼啊？」

「人參燉雞！」唐月嫣道。

岑勉打開湯盅看了看，又看唐月嫣，又問，「黑……黑色的？」

唐月嫣癟了癟嘴，答道，「烏骨雞。」

岑勉嘴角抽了抽，繼續問道，「烏骨雞……為什麼湯也是黑的？」

「你吃不吃？！」唐月嫣伸手給他看，滿手纏了好幾圈的紗布，「本公主第一次下廚，你敢留下一根雞骨頭你就完了！」

「好好……」岑勉硬著頭皮吃雞湯。唐月嫣是不是把賣鹽的打死了？好鹹！

唐月嫣笑咪咪在他身邊坐下，說，「多吃點，一會兒中午吃燉水魚，我已經燉上了。」

「咳咳……」岑勉捂著嘴——不是吧？吃一頓還不夠？雞都燉成這樣，水魚該成什麼樣啊？

程子謙又記錄了一下，轉身出院子。

白曉風也跟出去，心說唐月嫣這算是看上岑勉了？難怪前幾天聽唐星治說，唐月嫣答應了和岑勉的婚事，不過岑勉似乎還蒙在鼓裡。

「夫子。」

程子謙和白曉風腳步一停，回頭，就見是小玉。

白曉風問她何事。

小玉笑咪咪說，「三公主煮了茶，問你要不要去喝一杯。」

白曉風想了想，一笑，欣然前往。

程子謙拿出卷子，寫上「第三對」之後，樂顛顛跑去偷看了。

◇　◇　◇

世間萬物生生不息，這世間的八卦也是永生不滅，有人的地方就有八卦，且八卦根據看客的喜好而不斷變化。

當皇城百姓全都覺得一切已成定局，八卦之血漸漸降溫的時候……新的八卦又開始流傳。

這回，更加精彩紛呈，大多是曉風書院裡一對又一對的風流韻事。

今日也許是索羅定和白曉月賞月，明日也許是白曉風給唐月茹畫眉，後日又或許是岑勉被唐月嫣拉進了房，大後日也許是唐星治碰上了哪個外族的姑娘，打得火熱。

總之，書院裡有書院裡的精彩，書院外有書院外的精彩。

最精彩的當然是程子謙，他的《子謙手稿》成了皇城最搶手的東西，才子佳人文人騷客紛紛傳閱，連不少外地來的過路客都點名要買一頁《子謙手稿》，窺探一下這曉風書院的八卦趣事。

《曉風書院的八卦事．下》完

番外一

將軍很害羞

自從白曉月和索羅定訂親之後，兩人不知不覺成了皇城八卦的中心，眾人都很好奇一個問題——這兩人一個是大家閨秀知書達禮，一個是野蠻人粗魯放肆，怎麼談情說愛？曉月姑娘會不會被索羅定欺負？

可是，自從程子謙在《子謙手稿》中特別開了個關於白曉月和索羅定的專欄之後，真是看得天下人大呼不可思議——原來，索羅定這莽漢從來沒跟姑娘家談過情說過愛，對這方面一知半解，關鍵是，還挺害羞！

這「害羞」兩字，用在一個威武的大流氓身上，真是說不出的詭異。

皇城不少姑娘最愛看《子謙手稿》的這一欄。

比如說，前陣子索羅定半夜抓賊的段子就被傳了好久，事情是這樣的……

◇◇◇

據說那天夜裡，和往常一樣，索羅定吃了晚飯練了會兒功夫，就準備睡了。不過臨睡前，他發現幾個姑娘聚在中庭的院子裡小聲說著什麼，似乎還挺氣憤。

程子謙在院門口聽得津津有味的，索羅定就湊過去，「幹嘛呢？」

「噓！」程子謙對他挑挑眉——鬧賊了！

「鬧賊？」索羅定一聽就來勁了，「什麼被偷了！」

「姑娘們的衣服。」

「哈？」索羅定嘴角抽了抽，「搞了半天就幾個偷衣服的啊。」

「那你抓不抓？」程子謙笑咪咪問，「昨兒個曉月的衣服也被偷了！」

「是嗎？」索羅定皺眉，不解，「沒聽她提起啊！」

「那你一會兒去問問唄！」程子謙收了手稿。

「這會兒去問吧？」索羅定就要出院門去問那些正小聲說話的姑娘們。

「別啊！」程子謙攔住了，「要你多事啊，人家姑娘自己有人負責，你管好你家曉月就好了，別搶別人如意郎君的活兒幹。」

索羅定聽了，搔搔頭——我家曉月啊……

於是，大將軍心情尚可，轉身去白曉月的院子，找了張躺椅靠著，抱著胖貓等白曉月回來。

不多會兒，回白府看她爹娘的白曉月回來了，看到院子裡的索羅定，立刻瞇眼笑。

「你還沒睡啊？」

白曉月帶著傻傻溜達到了索羅定身邊。

索羅定一笑，問，「丫頭，妳是不是有事情要我幫忙？」

白曉月一愣，反問，「什麼事啊？」

「聽說妳院子裡鬧賊了？」索羅定笑問。

奇怪的是，索羅定一問完，白曉月臉通紅，支支吾吾說，「沒、沒有呀。」

索羅定一邊的眉毛就挑起來了——喲呵！這丫頭有所隱瞞！

索羅定不明白，被偷了又不是偷了別人，有什麼好說不出口的？

「真的沒丟東西？」

「沒、沒有。」白曉月趕緊搖頭，邊往外攆他，「你不睏啊？不睏陪我下棋！」

索羅定一聽非同小可……

跟曉月下棋那還得了？別看她是大才女，不過棋藝不怎麼樣。其實倒不是白曉月棋藝差，就是人老實，下棋總輸給他。索羅定跟白曉月下棋那簡直是遭罪，贏了她，她不樂意；輸給她吧，她還挑理說你有意的，拉住了還不放走，要下一整天。

白曉月搬出下棋，索羅定立刻嚇跑了。

不過索羅定多留了個心眼，躲在院門口埋伏著……看看今晚，究竟出個什麼賊來。

等白曉月屋子裡的燈熄了，索羅定又溜進院子裡，到傻傻的窩邊，一座假山後面埋伏著。

傻傻搖頭晃腦湊過來對他甩尾巴。

索羅定無奈的看著這條漂亮的細犬，捏了捏牠的耳朵，說，「你說你也是，人家的狗都看家護院，就你，看到誰都搖尾巴。」

傻傻往他旁邊的草地上一躺，翻身表示要索羅定揉肚子！

索羅定正揉著呢，忽然……就聽到有動靜了。

索羅定往牆頭望，就見一個黑衣人鬼鬼祟祟翻牆進了院子，黑巾蒙著面，悄悄往白曉月房門口曬衣服的架子跑了過去。

這背影很眼熟啊！

姑娘家曬衣服的架子都是用白布遮住的，裡頭衣服都不叫人看。

索羅定正納悶著，就見傻傻站起來，跑了過去。索羅定心說——傻傻莫不是要英勇一回？

那人走到白布簾子前面，掀開，伸手到裡面掏東西。

這時，傻傻跑過去了，不叫，反而對著他搖尾巴。

索羅定無力——果然！

傻傻搖了一會兒，那人拿著一團衣服出來，塞進了自己的腰包裡，然後摸了摸傻傻的腦袋，轉身走……

傻傻還屁顛顛跟著他。

索羅定摸了摸下巴——從傻傻的反應來看，莫不是曉風書院的人？

想到這兒，索羅定竄出去，一把拉住了那人腰間鼓鼓囊囊的腰包，道了聲，「小賊，哪裡跑！」

「哎呀！」那人驚叫了一聲。

索羅定一挑眉——男的？一個男人偷女人衣服有什麼用？賣啊？

索羅定這一下扯得還挺大力的，一扯之下，包袱破了，衣服都掉出來了。

索羅定也沒管，將那賊踹趴下，扯了蒙面巾——就見是書院的一個小廝。

「將軍饒命啊！」小廝趕忙求饒。

這時候，屋裡白曉月也醒了，披著衣服跑出來。

院子外面，程子謙也跑來了，問道，「抓到啦？」

索羅定將那小廝拉起來，交給程子謙，「就他了，書院的人，交給白曉風處理吧。」

程子謙搖著頭揪著那小廝的耳朵，將人帶走了，還邊罵，「你看你這點出息！」

索羅定見白曉月披著衣服站在屋門口，還挺得意，「妳也是，鬧賊就跟我說嘛，別說個小毛賊，江洋大盜都給妳抓回來……」邊說，他邊蹲下幫忙撿衣服。

這一撿，索羅定傻眼了，就見滿地都是姑娘的肚兜……

「呃……」索羅定拿著已經撿到手裡的肚兜發呆。

還沒回過神，白曉月不知道什麼時候到了他身邊了，陰惻惻問，「你看到啦？」

「沒……沒。」這回輪到索羅定結巴了。

白曉月瞇著眼睛，質問，「你手上拿著什麼？」

「沒……沒！」索羅定趕緊把手裡那條肚兜丟了，然後仰臉望天，臉通紅，「哎呀，今天天氣不錯啊……妳看這太陽亮的！」說完，趕緊跑了。

白曉月仰臉看了看頭頂的月亮，無奈，將肚兜都撿起來，回屋繼續睡覺去了。

◇◇◇

這段子傳了好幾天了，索羅定又一次成了全城的「笑柄」，姑娘們都覺得好玩兒，原來索羅定這麼純情、這麼害羞啊！還滿可愛的嘛！

就連那天索羅定去參加晚宴，皇帝都指著中天的明月問他，「索愛卿，今晚的太陽，亮不亮？」恨得索羅定直磨牙。

《番外一・將軍很害羞》完

番外二

白夫子的煩惱

這一天，是曉風書院開院一整年的日子。

作為慶祝活動最重要的環節之一，就是——大考！

曉風書院的才子佳人們雖然忙著談情，皇子皇孫們還要抽空爭個皇位什麼的，但在第一大才子的嚴格教導下，學業還是有成的……

當然，這裡面不包括索羅定。

白曉風看著手裡一張爬滿了螃蟹般歪歪扭扭字跡的卷子，嘆第一百零一口氣。

白曉風自問對索羅定的要求也不算多高，只想著他都學了一年了，好歹能有點進步吧？沒想到一點都沒有！

本來白曉風也覺得沒什麼，但是一想到這飯桶是自家妹夫，再看看他妹子那張卷子，他就氣不打一處來——太便宜他了！

他正生氣呢，就聽身邊一個悅耳的聲音傳來，「怎麼？這卷子太好了？把你都看傻了？」

白曉風無奈抬頭，就見唐月茹捧著個湯盅站在他身邊，正笑他。

將湯盅放在了白曉風眼前，唐月茹道，「吃吧。」

白曉風打開一看，田七汽鍋雞，無奈的看唐月茹，「我一肚子氣呢，妳還讓我吃汽鍋雞？」

「唉，索羅定是個武將，你要求不能太高，過得去就行了。」唐月茹坐下，說得隨意，「再說了，文有曉月嘛，武有索羅定，這文武結合，不是很好？」

「好什麼呀，我家世代書香門第……」

白曉風話還沒說完，一個小丫鬟跑進來稟告，「少爺，老爺來啦！」

白曉風一驚，順手將那卷子折起來塞給唐月茹。

唐月茹不解。

「藏起來！」白曉風站起來往外走，不忘叮囑唐月茹，「千萬別讓我爹看見……」

「曉風啊……」

說話間，外頭白丞相興匆匆走進來。

「爹。」白曉風出門迎接。

唐月茹也出來給白丞相行禮。

「呦，公主也在啊。」白丞相一見兩人在房裡單獨聊呢，覺得自己來的不是時候了，笑呵呵擺手，「你們聊著，我去找我準女婿去……」說完轉身，溜溜達達找索羅定去了。

白曉風鬆了口氣。

可白丞相剛走出了幾步，像是又想起什麼來了，回頭問白曉風，「聽說書院這幾天大考了是嗎？」

「呃……」白曉風張了張嘴。

「我女婿考得怎麼樣？有沒有進步？」白丞相滿期待的，之前白曉月還在他面前誇，說索羅定最近學文見長了，字也越寫越好了之類的。

「呃……」白曉風再張了張嘴。
「拿他的卷子我瞧瞧。」白丞相笑呵呵，「一會兒我誇他兩句去。」
「呃……」白曉風接著張嘴。
唐月茹在一旁看得都快笑出聲了，平日風流瀟灑的白曉風，這回學鴨子了，一開口就只會「呃」。
「你呃什麼呢？」白丞相板起臉，問，「莫非考得不好？」
「呃……」
白丞相這次不等白曉風「呃」了，進了書房，就看到書桌上一大疊卷子，順手翻，問道，「索羅定的呢？」
白曉風下意識看唐月茹。
唐月茹剛才隨手將卷子塞到一本書裡了，就伸手拿起那本書，對白丞相說，「丞相啊，你們慢慢聊，我先走了。」
「好好，公主慢走。」白丞相往外送唐月茹。
唐月茹拿著書對白曉風道，「書我先借走了，看完後我給曉月。」
白曉風心領神會，點頭。
唐月茹出了門，匆匆往白曉月的院子走。
白丞相翻了半天沒翻到索羅定的卷子，不解的問白曉風，「怎麼？索羅定沒考嗎？」

「考了。」白曉風道，「卷子讓曉月拿走了，說是想先看。」

「哦……」白丞相點點頭，表示可以理解。

「爹，不如你先找索羅定去喝兩杯，一會兒曉月看好了，我再找人給你送去。」白曉風違心的說，「索羅定考得還不錯的，的確有進步。」

「嗯，很好！」白丞相滿意的摸著鬍鬚點頭，轉身出門找索羅定喝酒去了。

白曉風嘆了口氣，回到屋子裡，拿出紙筆，想著乾脆代索羅定寫一張，一會兒給曉月送去，讓她拿給爹看。不然剛才那張卷子若是讓他爹看到，他爹別氣到背過氣去。

剛坐下，身後就一個聲音問，「你這麼瞞著不是辦法啊，紙包不住火！」

白曉風一驚，回頭看，果然程子謙又出現了，在他身後記錄著什麼。

白曉風見到他，倒是有些好奇的問，「有沒有法子能讓索羅定的字寫得好看點？」

程子謙搖頭，「老索拿筆的姿勢跟拿刀差不多，要寫好點估計有難度。」

白曉風無奈，拿左手寫卷子，盡量將字寫醜一點。

「你這麼幹，萬一白丞相真以為老索文采風流，帶著他出去現，那如何是好？」程子謙搖搖頭，提醒白曉風，「以丞相對老索的中意程度，很可能做出這種事來。」

白曉風皺眉，不悅道，「那能怎麼辦？反正氣死是早晚的事情，那多活一天是一天！」

程子謙無奈搖頭。

◇◇◇

唐月茹急匆匆到了白曉月院子，見她正忙著挑布料呢，就問，「忙呢？」

「月茹姐姐，來得正好，我挑幾件料子給索羅定做衣服，妳幫我選選。」白曉月笑咪咪跟唐月茹打招呼。

「快別選料子了，燃眉之急……」說著，唐月茹翻開書，想把那張卷子拿出來給白曉月，讓她想想法子。

可是她翻了半天，卷子不在書裡。

「咦？」唐月茹翻來翻去，「卷子呢？」

「什麼卷子？」白曉月湊過來看。

唐月茹想了想，一捂嘴，「糟糕……別是掉在院子裡了！」說完，轉身就低頭出門找。

白曉月也好奇跟著她去，還納悶——這是怎麼了？

◇◇◇

索羅定中午飯後就跑去釣了會兒魚，結束後便提著兩條大鯉魚扛著魚竿跑回來，準備讓廚房大娘煮個糖醋魚下酒吃。

他經過院子，看到地上躺著一張紙。

索羅定彎腰撿起來，打開一看就一撇嘴，「這滿紙的螃蟹是哪個不要臉的東西寫的？曉風書院還有這種飯桶呢？」

他正嫌棄著，迎面，白丞相來了。

「阿索啊！」

索羅定一抬頭，呦！岳父大人來了。雖然他和白曉月還沒成親，不過皇上都賜婚了，兩人也正式訂過親，就等著黃道吉日擺酒了，因此索羅定跟白丞相也不見外，一口一個老泰山。

「正要找你去。」白丞相見索羅定提著兩條魚，笑問，「釣魚去啦？」

「老爺子，一會兒煮了魚，咱們倆喝兩杯去？」索羅定依舊沒大沒小，單手一搭白丞相的肩膀。

「我也想喝兩杯，呃……」白丞相剛想說些什麼，就看到了索羅定手上的卷子，嚇一跳，問，「這什麼呀？」

「誰知道啊。」索羅定隨手一丟，「寫的字跟狗爪子寫的似的……啊……啊嚏！」

說完，索羅定自己先打了個噴嚏。

「傷風啦？」白丞相瞄了一眼那字跡，還真是──狗爪子寫的似的！想想他女婿去年寫的還不如這狗爪子寫的好看呢，今年都知道笑別人了，可見這進步真是一日千里！

老丞相滿意的和索羅定喝酒去了。

那張被索羅定隨手一丟的卷子，被一陣風一吹，就從曉風書院裡飛了出去，飄啊飄……飄去了遠方。

◇◇◇

一整個下午，白曉風左右手換來換去寫了十幾、二十張卷子，寫一張便給程子謙看一張，程子謙都搖頭，「一看就不是老索寫的。」

搞得白曉風都想脫鞋拿腳來寫了。

而那頭，唐月茹和白曉月將整個曉風書院都快翻過來了，也沒找到那張卷子。

等白曉風終於寫了一張滿意的卷子，來找白曉月時，白曉月和唐月茹累得都快走不動了。三人拿著假卷子到了索羅定的院子，就見索羅定正吃飽了剔牙呢，哼著小曲兒。

「我爹呢？」白曉風問他。

「走了啊。」索羅定眨眨眼，還頗有些不解，「老爺子今天心情不錯啊，還誇我一日千里……這一日千里啥意思？聽著像黃段子。」

「噗！」蹲在門口的程子謙忍不住一口茶噴出來，趕緊寫進手稿。

白曉月和唐月茹都臊了張大紅臉跑了，白曉風一臉嫌棄的看著溜溜達達出門遛狗順便消食的索羅定——恨得磨牙。

當然了，不久後，這「一日千里」的段子又成了皇城的美談。

《番外二．白夫子的煩惱》完

番外三

子謙夫子的秘密手稿

最近這幾天，不知道從哪兒傳出的風聲，說程子謙每日聽牆角，除了他寫出來給皇城人傳閱的一份之外，還有一份大家都沒看到過的秘密手稿，據說裡面記錄的全部都是曉風書院裡的閨房秘聞，以及一些談情說愛的細節，十分的有料！

據傳聞，程子謙記錄下這些後私藏了起來，似乎還受到了索羅定的威脅，如果敢出去亂傳，就要將他活埋了。

於是乎，這份神秘的手稿成了最近皇城百姓最感興趣的一樣東西。

某日清晨，索羅定出房門，就見程子謙盤腿坐在石桌上，拿著顆白煮蛋，邊啃邊笑咪咪翻看一本冊子。

「你看什麼看得一臉淫笑？」索羅定走過去。

程子謙趕緊合上，神神秘秘的藏在了懷裡，將剩下的半顆白煮蛋塞進嘴裡，說了句，「秘密！」就笑嘻嘻溜走了。

索羅定微微瞇起眼睛——有蹊蹺！

◇ ◇ ◇

白曉月大早晨去廚房給索羅定煮麵，正洗手呢，就聽外頭兩個丫鬟說悄悄話。

「妳看清楚了？」

「看清楚了！子謙夫子藏得快，不過我眼睛也快！」

「寫的什麼？」

「冊子上似乎有《子夜秘錄》什麼的！」

「哎呀，子夜聽牆角能聽到什麼呀？」

「還能有什麼，最精彩的唄！」

「原來夫子真的有這本卷子呀，不知道記了什麼！」

「好想看呀！」

白曉月瞇起眼睛——《子夜秘錄》？

◇　◇　◇

白曉風拿著書靠在窗邊，就聽外頭幾個小廝小聲聊天。

「子謙夫子那書裡似乎有我們沒看過的內容？」

「是啊，那天白夫子和三公主單獨在房裡待了半天呢，夫子都蹲在門口不知道是不是記下了！」

「哇，好想看！」

白曉風挑了挑眉——哦？

◇◇◇

書齋裡，唐月嫣緊張兮兮的問唐月茹，「姐妳聽說了沒？」

唐月茹皺眉點了點頭。

「糟糕了，我那天在房裡跟岑勉說的話，不知道有沒有被記錄去！」

「妳說什麼了？」唐月茹倒是有些好奇。

「嘖，總之說出去我就沒面目見人了！」唐月嫣羞憤！

一旁，岑勉佯裝認真看書，半邊臉和耳朵卻是通紅。

◇◇◇

當天夜裡……三間院子大門緊閉，有重要的對話正在進行。

唐月茹屋裡。

白曉風端著酒杯，看著原地團團轉的唐月茹。

「你猜，他會不會把那晚上的事情也寫進去了？」唐月茹紅著臉問白曉風。

白曉風想了想，笑問，「妳說哪一晚？」

唐月茹臉通紅，瞪他，「你還沒正經！」

白曉風無所謂，「寫就寫嘛，他又不外傳。」

「那萬一被人知道了呢？女人家名節最重要了！」唐玉茹著急。

「不怕。」白曉風伸手拉了她一把，「索性生米煮成熟飯。」

唐月茹驚訝的張大嘴看他。

白曉風笑得雲淡風輕，「反正我今早進了趟宮，跟皇上提親了，他倒是答應了。」

唐月茹愣住，「你……當真……」

白曉風佯裝無奈，「想不當真都不行啦，不然欺君之罪了，公主收不收我這駙馬？」

唐月茹忍了半天，終於是笑了……這大美人可能長這麼大都沒笑得那麼開心過，明豔動人，動人得白曉風都覺得自己賺大了！

門口，程子謙笑咪咪記下一筆——成了一對！轉身，去另一間。

◇◇◇

唐月嫣的屋子裡。

「七公主，妳別哭了啊。」岑勉在一旁給正一抽一抽擦眼淚的唐月嫣作揖。

「我還是死了算了，要是傳出去，我都沒法做人了！」唐月嫣捏著手絹直擦淚。

「唉！清者自清！」岑勉一臉認真嚴肅，「七公主不用太介意。」

「你當然不介意！我介意嘛！」唐月嫣癟著嘴，「我一個公主向你求親，你還不答應，我以後怎麼嫁人啊！」

「呃……」岑勉一張臉通紅。

話說那日他和唐月嫣都多喝了幾杯酒，唐月嫣就問他為何不同意皇上提出的他們倆的婚事，是不是心裡還掛著唐月茹。岑勉說覺得自己配不上唐月嫣，孰料幾句話把唐月嫣說惱了，唐月嫣仗著酒勁就說喜歡岑勉……把岑勉嚇得傻了。

岑勉也是萬萬沒想到這事情竟然被程子謙給記了去，想想也是，女兒家名節比什麼都重要，萬一傳出去，自己害了唐月嫣一世啊！

「一人做事一人當，不如……我以死謝罪！」說著，岑勉就要去抹脖子。

唐月嫣被他氣得直跺腳，拉住他，「誰讓你死啦！你也不想想，萬一你死了，傳出去就是說讓你娶我你寧可去死，我不是要一輩子被人笑話嘛！」

「那、那如何是好？」岑勉急得跟什麼似的。

「算了！不如我去死好了！」唐月嫣說著，就要出去跳井。

「啊！」岑勉趕緊攔住，「那不行啊！」

唐月嫣又癟著嘴，「這樣不行那也不行，那要怎麼辦？」

岑勉猶豫了半晌，端起桌上的酒壺一口氣都喝了，隨後，紅著臉仗著膽子說，「那……公主如果不嫌棄，不如……」

「不如什麼？」唐月嫣眼睛都亮了。

「不如……」

「你說呀！」

「不如就委屈公主……」

「委屈我什麼？」

「那……我答應了婚事，以保公主名節，只是，岑勉怕是配不上公主。」岑勉說著，就見唐月嫣盯著自己看呢，聲音也越來越沒底氣了。

「你同情我啊？」

「沒……沒有啊！」岑勉一個勁搖頭，「公主聰慧又生得好，地位尊貴，性格也可愛，能娶公主是我幾世修來的福氣……」

唐月嫣嘴角已經忍不住挑起來了，「可你始終最愛的是月茹姐姐。」

岑勉眨眨眼，搖頭，「不會，月茹姐姐既然已與曉風夫子訂親，我自然不會多想，只要她幸福就好。」

「你說什麼？」唐月嫣一愣，「他們倆定親了？」

「是……是啊。」岑勉說著，瞄了唐月嫣一眼，小聲問，「公主，是否對曉風夫子念念不忘？」

「你吃醋啊？」唐月嫣又驚又喜。

岑勉抿了抿嘴，然後說道，「既然曉風夫子已經選了月茹姐姐，那不好三心二意，公主如果肯屈尊嫁給我，我保證不會三心二意，但是公主也不好……」

「不好什麼？」唐月嫣湊過去問。

岑勉見唐月嫣就在跟前呢，臉上滾燙，不過還是擺出大丈夫腔調來，說，「不好再想我以外的人，然後……盡量不要下廚。」

唐月嫣眯眼，問，「你嫌我做的飯菜不好吃？」

岑勉一想到自己連著幾天拉肚子的經歷還有那可怕的湯就撓頭，不過他可不敢說唐月嫣做的菜不只是不好吃，簡直可以用可怕來形容，只說，「公主金枝玉葉，我不捨得公主下廚的……」

唐月嫣笑逐顏開，平日的嬌蠻勁也收起來了，小女兒情態，撒嬌道，「那你什麼時候去答允婚約？」

「我……我早晨已經答應了。」岑勉搔搔頭，答，「就在下了課之後。」

唐月嫣一喜，一頭撲進岑勉懷裡了。

岑勉尷尬的抱著唐月嫣，繼續搔頭——傳說中的，溫香軟玉滿懷啊！

門口，程子謙邊記邊搖頭，「哎呀，岑勉也不是個省油的燈啊，還當他是老實人呢，嘖。」說完，記下「又成了一對」，轉戰第三間。

◇◇◇

白曉月的屋子裡。

白曉月托著下巴，在桌邊嘆氣。索羅定打著哈欠看白曉月，剛才白曉月神神秘秘把他提溜過來了，說有要事商量，可半天了，丫頭什麼都不說，就知道唉聲嘆氣。

「喂。」索羅定拿手指頭戳戳她，順便摟住搭著他腿搖尾巴的傻傻揉了兩下，「妳幹嘛呢？」

白曉月白了他一眼，「都怪你！」

索羅定睜大了眼睛反省。我幹什麼了嗎？

「我最近很老實啊！」索羅定不確定的湊過去，掰手指頭，算道，「我很久沒打架了，這陣子我也有乖乖練字，連瞪人的毛病都改了，哪兒又惹著妳了？」

白曉月坐直，認真將子謙秘密手稿的事情講給索羅定聽了。

索羅定直笑，「妳怕什麼，我們又沒說過什麼……」

「就是因為沒有啊！」白曉月一拍桌子。

索羅定張著嘴，「啊？」

白曉月說到這裡，臉紅，「你要這樣想，我們倆都有婚約了，成親的日子都訂了，就等辦事了，你都沒說過什麼，也沒什麼秘密，說出去多叫人笑話。」

索羅定臉皺得跟個包子似的，心說這丫頭不可理喻的等級又上升了。

「妳的意思是……」索羅定看了看白曉月那張軟軟的床鋪，眨眨眼。

白曉月臉通紅，踹他，「想得美！」

索羅定撓頭，問，「那要怎樣？」

「你……說兩句好聽的來聽聽！」白曉月捧著茶杯，自言自語一句，「以前都是我一個人對著定定說，誰知道被記去了多少，這次得給我說一宿，補回來！」

「妳說啥？」索羅定聽不太明白，這丫頭自言自語嘀咕什麼呢？

「沒！我要聽你說情話！」白曉月抿著嘴，道，「反正那本秘錄裡面，不能什麼都沒有！」

索羅定張大了嘴，「哈？」

白曉月嚴肅臉，「說不說？不說抄書！」

索羅定可苦了一張臉了，「那……要怎麼說？沒說過！」

「這個簡單！」白曉月從抽屜裡，拿出了一大捆紙來，上面密密麻麻寫了好多東西。

「這什麼？」索羅定拿過來一張張看。

白曉月自然不會告訴他，這是她平日發花痴的時候自己寫的情詩和句子。

「你管是什麼，反正照著唸給我聽！」白曉月托著下巴，喜孜孜準備聽。

「哦……」索羅定翻出一張來，掃了一眼，「好肉麻……」

「唸不唸？！」白曉月又板起臉。

「唸唸……」索羅定對這位未來娘子、現任小夫子向來也沒什麼轍，一個大英雄對個小姑娘能怎麼樣？除了一切順從也沒別的招了，於是就一頁一頁唸給她聽。

白曉月聽得眉開眼笑，索羅定唸得舌頭打結。

門口，程子謙搖著頭奮筆疾書，心說——老索你肉麻死了！不要臉的！

◇　◇　◇

次日清晨，皇宮內院。

皇上拿著三份婚書，拍了拍程子謙，讚道，「子謙夫子好計策啊！這叫快刀斬亂麻，這三對拖拖拉拉這麼久，終於是成了！」

程子謙笑得見牙不見眼，那意思——精彩的還在後頭呢！

當天下午，皇城突然開始瘋傳一份傳說中的《子夜秘錄》，裡面除了三對小情人平日的情話之外，還有大半本都是昨晚上索羅定唸的情詩。

程子謙可沒寫這情詩是誰創作的，只寫是索羅定整晚唸給白曉月聽的。

看完了這本奇書之後，皇城眾人都托著快掉下來的下巴，對索羅定刮目相看——他不是大將軍也不是莽漢，是情聖啊！這詩寫得百轉千迴，看得那些姑娘們骨頭都酥了，難怪白曉月也捱不住、嫁給索羅定了！

索羅定也挺鬱悶，他最近莫名其妙收到了好多信，都是些不知道哪兒來的才子佳人寫個他詢問意見的。有的想表白、有的想提親、有的想要追暗戀對象，都寫了情詩，讓索羅定幫忙指點指點。

索羅定逮到程子謙，可算狠狠揍了他一頓，不過傳出去的八卦如潑出去的水，再也收不回來了。這份《子夜秘錄》也不知道怎麼口耳相傳，就變成了《將軍情話集》，一直傳出中原、傳到番邦外國去了！索羅定一下子成了名人，所有人都知道，中原皇城的曉風書院有個天下武功第一的大將軍，寫得一手好情詩，人送綽號——「情詩將軍」。

為此，索羅定時常頓足捶胸——他的名節氣節節操啊什麼都沒有了，八卦真是害人不淺！

白曉月卻挺高興，從這天開始她一有空就創作幾首情詩，讓索羅定晚上唸給她聽，不用多久，就會成為風靡整個皇城的情詩，成為一對又一對小情人的求愛法寶。

《番外三．子謙夫子的秘密手稿》完

《曉風書院的八卦事》全書完

飛小說系列080

曉風書院的八卦事（下冊）

出版者■典藏閣
作　者■耳雅　　繪　者■jond-D
總編輯■歐綾纖

製作團隊■不思議工作室

郵撥帳號■50017206 采舍國際有限公司（郵撥購買，請另付一成郵資）
台灣出版中心■新北市中和區中山路2段366巷10號10樓
電　話■(02) 2248-7896　傳　真■(02) 2248-7758
物流中心■新北市中和區中山路2段366巷10號3樓
電　話■(02) 8245-8786　傳　真■(02) 8245-8718
ISBN■978-986-271-422-5
出版日期■2013年12月

全球華文國際市場總代理／采舍國際
地　址■新北市中和區中山路2段366巷10號3樓
電　話■(02) 8245-8786　傳　真■(02) 8245-8718

新絲路網路書店
地　址■新北市中和區中山路2段366巷10號10樓
網　址■www.silkbook.com
電　話■(02) 8245-9896
傳　真■(02) 8245-8819

線上總代理：全球華文聯合出版平台
主題討論區：http://www.silkbook.com/bookclub　◎新絲路讀書會
紙本書平台：http://www.silkbook.com　◎新絲路網路書店
瀏覽電子書：http://www.book4u.com.tw　◎華文電子書中心
電子書下載：http://www.book4u.com.tw　◎電子書中心（Acrobat Reader）

☞您在什麼地方購買本書？☜

1. 便利商店（ ________ 市／縣）：☐7-11 ☐全家 ☐萊爾富 ☐其他________

2. 網路書店：☐新絲路 ☐博客來 ☐金石堂 ☐其他________

3. 書店（ ________ 市／縣）：☐金石堂 ☐誠品 ☐安利美特animate ☐其他________

姓名：________ 地址：________________

聯絡電話：________ 電子郵箱：________________

您的性別：☐男 ☐女 您的生日：西元________年________月________日

（請務必填妥基本資料，以利贈品寄送）

您的職業：☐上班族 ☐學生 ☐服務業 ☐軍警公教 ☐資訊業 ☐娛樂相關產業 ☐自由業 ☐其他________

您的學歷：☐高中（含高中以下） ☐專科、大學 ☐研究所以上

☞購買前☜

您從何處得知本書：☐逛書店 ☐網路廣告（網站：________） ☐親友介紹
（可複選） ☐出版書訊 ☐銷售人員推薦 ☐其他________

本書吸引您的原因：☐書名很好 ☐封面精美 ☐書腰文字 ☐封底文字 ☐欣賞作家
（可複選） ☐喜歡畫家 ☐價格合理 ☐題材有趣 ☐廣告印象深刻
☐其他________

☞購買後☜

您滿意的部份：☐書名 ☐封面 ☐故事內容 ☐版面編排 ☐價格 ☐贈品
（可複選） ☐其他

不滿意的部份：☐書名 ☐封面 ☐故事內容 ☐版面編排 ☐價格 ☐贈品
（可複選） ☐其他

您對本書以及典藏閣的建議________________

____

____

✌未來您是否願意收到相關書訊？☐是 ☐否

✍感謝您寶貴的意見✍

印刷品

$3.5
請貼
3.5元
郵票
不思議信箱
FUSIGI POST

235 新北市中和區中山路二段366巷10號10樓

華文網出版集團 收

（典藏閣－不思議工作室）